「余命半年」の父が娘へ残すことば

お父さんは、君のことが好きだったよ。

加治川健司

扶桑社

はじめに

風花ちゃん、こんにちは。

お父さんのいない毎日に、少し慣れましたか？

風花も知っての通り、お父さんは風花が1年生の時に悪性リンパ腫を発症して、2年以上闘病していましたが、こないだお医者さんから余命半年と宣告されました。

ガーン‼（笑）

まぁクヨクヨして癌がなくなる訳でもないので、残された日々をお父さんらしく楽しく過ごしていきます。

風花には折に触れていろいろとお話ししてきたつもりですが、まだ9歳のキミはすぐ忘れてしまうかもしれないので、キミに伝えたい幾つかのことをYouTubeで遺すことにしました。たまに観てくれたら、お父さん、嬉しい。

キミに1番伝えたいことは「生まれてきてくれてありがとう」ということ。

本当にありがとう。

キミと過ごした9年間はお父さんの宝物。最高に楽しくて、嬉しい時間でした。

人生に悔いとかないんだけど、もう少し、ほんのもう少しだけ、キミと一緒の時間を過ごしたかったなぁ。誇るべきことのなかったお父さんの人生はキミとキミのお母さんのおかげで豊かなものになりました。

ありがとう。何回でも言いたい。生まれてきてくれてありがとう。

願わくば、キミの人生が笑顔で満たされることを、お父さんは心の底から願っています。

あらあら、だいぶ時間が余ってしまいました。次回からは、もうちょっと編集を上手にできるように努力してみます。引き続き、余命半年のお父さんのお皿洗いをみて懐かしんでください。

まだ時間あるけど、バイバーイ。

（2022年2月26日　#1 余命宣告をうけた父が9歳の娘に伝えたい感謝の言葉とは）

２０２２年２月26日、人生で初めて、１本のＹｏｕＴｕｂｅ動画を投稿しました。

それまではまったく動画配信とは縁のなかった自分がＹｏｕＴｕｂｅを始めた理由は、「あなたに残された命は半年です」という余命宣告を受けたからでした。

私は１９６９年に東京の高円寺で生まれました。高校生までずっと東京で育った後、世界を旅したり、北海道で暮らしたり、拠点を変えて生きてきました。その後、29歳で島根県へと移住。移住先の島根県で妻・靖子に出会い、２０１２年には娘の風花が生まれました。以来、島根の大自然に囲まれて、３人家族で、つつましいながらも幸せな日々を送っていたと思います。

ところが、２０１９年に母親の介護のために東京へ戻った矢先、血液がんの一種である悪性リンパ腫を患っていることが発覚し、２０２２年２月には「余命６か月」という宣告を受けました。

自分の寿命は、あと半年しかない。それを聞いたとき、一番心残りだったのは「自分はもう風花の成長を見ることができない」という事実でした。

その勢いで始めたのが、冒頭でご紹介したＹｏｕＴｕｂｅ「ジャムミント」です。

「君という娘がいて、父親になれて、本当に幸せだった。君のことが大好きだったよ」という想いを、将来、娘に伝えるために何か記録を残しておきたかったのです。

この世に生を受けた以上、どんなに大切な人がいても、時には大切な言葉も伝えきれないままに突然別れがやってくるものです。後悔しても、決して時間は戻りません。

自分の場合、がんという病気で、娘や妻との別れは思っていたよりも早くなってしまいそうですが、逆に言えば、さほど遠くない別れに備えて、こうして大切な人たちに自分の想いを伝える覚悟と時間を持てたことはまだ恵まれているほうだなとつくづく思います。

本書では、私自身ががんになってからの体験談や家族との対話、そして、娘に死ぬ前にどうしても伝えておきたかったメッセージを詰め込んでいます。

がんは病気の種類やその人自身の背景によって、治療法や経過が大きく異なるものです。私の病気に関する記録はあくまで個人のものではありますが、この本が、同じように病気で苦しむ誰かの一助になればうれしいです。

２０２３年１月　加治川健司　島根県の自宅にて、娘と妻に囲まれながら

目次

本文中にあるYouTube『ジャムミント』のネームは原文のまま表記しています（句読点は編集部にて追記しました）。

第1章

突然のがん告知――。そこから始まった闘病

首に異変を感じたある日の朝、気がつけば、がんになっていた

人生の転機というものは、ある日、突然やってくるものなのだ。

２０１９年6月13日。東京・高円寺にある自宅で、朝に目が覚めたら、何か首に違和感があった。鏡をのぞき込んでみると、首に3〜4センチのぽっこりとしたデキモノができていた。たとえるなら、まるで１粒のブドウのようだった。

「あれ、なんだか首に大きなデキモノがある……」

指で押すとブヨブヨしていて、弾力がある。そんな触感も本当にブドウにそっくりだ。押しても、引っ張ってみても、痛みはなく、かゆみもない。ただただブヨンとした感触だけが気味が悪かった。

その日は、自分も妻の靖子も介護職員として働いている施設の仕事が休みで、一人娘の風花を学校に送り出したら、夫婦二人で昼食でも食べに行こうと思っていた。

虫に刺されたか、もしくは何かぶつけてできたのかな？

明日、仕事に行くときに、首にコブがあるのもカッコ悪いから、いまのうちに治しておいたほうがいいかな……。

そんな軽い気持ちで、妻とお昼ごはんを食べに行ったついでに、近所の薬局に寄り、薬剤師さんに「このコブがなくなるような薬をください」と声をかけてみた。すると、薬剤師さんは首を見て、苦笑いしながらこう言った。

「それは薬じゃ治りませんよ。いますぐ病院に行ってください」

「え、何科に行ったらいいですか？」

「内科がいいと思います」

これから病院に行くのはちょっと面倒くさいな……。そんな想いが頭に浮かんだけれど、考えを見通したのか、薬剤師さんはたたみかけるようにこう続ける。

「頭に近いところにできたコブは特に危ないので、今日、必ず病院に行ってください」

生まれてこの方、ほとんど病気をしたことがないし、親戚全員長寿の家系であることが数少ない自慢のひとつだった。首には痛みもないし、身体の不調は何もない。だから、「病院なんて大げさだな」とは思ったものの、せっかく休みだし、早めに対処しておこうかと、靖子と一緒に近所の病院へと向かった。

内科の先生を受診すると、先生はコブを見るなりこう言った。

「これは、すぐにCTを撮ったほうがいいですね」

え、なんで⁉　CTって大きな病気じゃないと撮ったりしないやつだよな。何か悪いのだろうか。

そんな不安な気持ちをよそに、病院の先生たちはどんどんと手続きを進めてくれて、その日の午後のうちに、画像診断に特化した施設に行き、検査を受けることになった。

手続きが早いのはありがたいけれども、逆に言えばそれだけ緊急度が高い状態なのではないかと不安だった。俺の身体は、どうなってしまったんだろう……。

あまりに展開が急なので、待合室で待っていた靖子の顔を見た瞬間、思わず不安な言葉が漏れた。

「もしかしたら、これは大変な病気かもしれない」

「え、どうして？」

「だって、こんなに検査が早いなんておかしくない？」

「……いま焦っても結果がすぐにわかるわけじゃないから。とりあえず落ち着こう」

彼女が極めて冷静に受け止めてくれたので、少し気持ちが楽になった。

そうだ。いま焦っても仕方がない。落ち着こう。


一連の検査が終わった後、「検査結果が出るのは、１週間後になります」と先生から告げられて、その日は帰宅。もやもやとした気持ちを抱えたまま、１週間後になる６月20日に病院へと検査結果を聞きに行った。

すると、先生からあっさりとこう言われた。

「このコブは、血液がんの一種である悪性リンパ腫、悪性腫瘍の疑いがあります。悪性リンパ腫とは、白血球の中のリンパ球ががん化したもので、血液がんのなかでは代表的な症状です。この病院ではこれ以上治療ができないので、明日もっと大きな病院に行って検査をしてください。紹介状も出します」

医学的知識は何もなかったけれど、「血液がん」「悪性リンパ腫」「悪性腫瘍」というキーワードを聞いた瞬間、「厄介《やっかい》なことになりそうだな」と感じた。淡々と今後の流れについて説明する先生の声がぼんやりとしか聞き取れない。

猛烈に悪い予感がした。

これからどうなってしまうんだろう。

不安な想いを抱えつつ、足取りもわからないままに帰宅した。

島根から東京へ引っ越したばかりの矢先に起こった「がん」の告知

病院で「悪性リンパ腫らしい」という診断を受けた後、悩んだ末、妻の靖子にその話をした。


「診断結果はどうだった？」

「ごめん。俺、がんになったかもしれない」

「え……！　どんな状態なの？」

「悪性リンパ腫という血液のがんの疑いが強いんだって。近所の病院では診察できないらしいから、大きな病院を紹介してもらうことになった」

「……そっか。とりあえず、一緒にがんばろう」

「うん。よりによってこんなタイミングで、本当にごめん」

正直、自分自身ががんになったかもしれないという事実を知ったショックよりも、そのことを靖子に伝えることのほうがつらかった。

なぜなら、いま自分が病気になることは、彼女にとってとてつもない重荷になることがわかっていたからだ。

本書でも追って説明していきたいと思うけれど、自分と妻の靖子、娘の風花は、2018年12月の末に長らく住んでいた島根県の小さな街から自分の実家のある東京都へと移り住んだばかりだった。理由は、母親の介護だった。

自分にとっては慣れ親しんだ東京だが、靖子と風花にとっては初めての東京暮らし。住む土地が変われば、当然状況も変わる。引っ越しに伴い、自分たち夫婦は転職したばかりだったし、当時7歳だった風花も小学校に通い始めたばかりで、家族全員が何かとあわただしい時期だった。そんなときに、病気になってしまった。

「なんで、こんな間の悪いときに……。まだ全然落ちついていないのに、自分が病気になってしまって、どうしたらいいんだろう」と激しく落ち込んでしまった。

テレビドラマなどでは、がんの告知といえば、本人にショックを与えないために、医師は配偶者や親族にだけ病気の事実を伝え、患者本人には直接伝えないのが当たり前なのかと思っていた。

でも、実際に自分自身ががんになって知ったのだが、現在では個人情報保護の関係で、病気がわかった時点で本人にだけ直接知らせるのがスタンダードらしい。病院から家族に病気のことを伝えてもらえないということは、自分で家族に病気であることを伝えなければいけない。これが自分にとって、精神的にはなかなかつらかった。

靖子は非常に冷静な人なので、がんの話を聞いても取り乱すようなことはなく、「一緒にがんばって治療していこう」と淡々としていた。

ただ、あくまでそれは病気になった夫をおもんぱかっての行動だったようで、後日聞いたら、島根の実家にいる母親に自分の夫が病気になったと電話で報告したとき、ひそかに号泣していたらしい。ただ、彼女は内面の葛藤を見せることなく、その後も常に自分の前では気丈に振る舞ってくれ、それが約3年にわたる闘病生活の強い支えとなってくれた。

一方、小学1年生だった娘の風花には、この時点では病気のことは伝えていなかった。まだ4月に学校が始まったばかりで、いろいろと不安を抱えている娘に、自分が病気だとは、とても伝えられなかったのだ。

そもそも自分でも「悪性リンパ腫という血液のがんを患っている可能性がある」と言われても、まだピンときていなかった。だから、いきなり風花に「お父さんは重い病気なんだよ」と伝えることで、むだに彼女の不安を煽《あお》りたくなかった。


これまでの人生で、自分ががんになるなんて、まったく予想していなかった。

多くの人は病気になったり、何かしらの不運に遭遇したとき、きっと理由を探すものだと思う。自分の場合もその例にもれず、がんの告知を受けたとき、最初は「あぁ、何かのバチが当たったのかな……」と思った。

次に考えたのが「何か不健康な生活でもしていただろうか」ということ。

でも、それまで長い間島根の自然に囲まれて働いていた生活は、自分にとってストレスも少なかったはずだ。

体質的にお酒は飲むことができないから、酒とは無縁の生活だった。たばこについてはここ数年また吸い始めていたとはいえ、一日何十本も吸うわけではない。食事については人一倍食べるけれども、それなりに動いていたので筋肉もある。太ってはいたかもしれないが、自分がそこまで不健康だと感じたことはなかった。

また、長年従事していた林業から介護施設の仕事に転職した4年前からは、年に2回は健康診断を受けていた。健康診断でがん検診も受けていたのに、ずっとがんが発覚しなかったことについては、不思議で仕方がない。

家族全員が長寿の家系で、それだけが自慢だったので、「自分はずっと健康でいるに違いない」と過信しすぎていたのかもしれない。

また、見過ごしてはいたのだが、実は「前兆」と呼べるものはないわけではなかった。
２、３年前のある日、突然高熱が出て、近所の開業医に診察してもらった際、「首のあたりに何かあるような気がするから、大きな病院で精密検査を受けたほうがいいですよ」とアドバイスをもらっていた。ただ、仕事の忙しさや自分の健康を過信していたせいで、「どうせ大丈夫だろう」と高をくくっていたのだ。
次に思い当たるのが、２０１９年3月頃。

この頃から、なぜか下腹部に時折鈍痛を感じるようになっていた。ただ、10代の頃に患った尿管結石の痛みに似ていたことから、「もしかしたらまた結石ができちゃったのかもなぁ」と思い込んでいたのだ。

そして、ゴールデンウイーク中の5月2日。

深夜に自宅で寝ていると、突然の腹痛に襲われ、あまりの痛みに動けなくなってしまった。そのとき、妻は夜勤の仕事で家にいなかったのだが、当時同居していた両親に頼んで救急車を呼び、緊急外来に運ばれた。

ただ、腹部のＣＴスキャンを撮ってもらったものの、緊急外来の医師からは「特に異常は何もなさそうですね。このまま自宅でゆっくり治してください」とお墨付きをもらっていた。

後日談だが、がんの告知を受けた数週間後、5月に腹痛で緊急搬送された先の病院から、「この前撮影したＣＴを見直してみたら、腹部に異変が起きている可能性があります。一度精密検査を受けてください」との連絡をもらった。

「いや、もう精密検査は受けていて、がんでした。いま治療中なんです」と伝えると、先方は絶句しており、「そうですか……お大事にしてください」と言われて、電話は切れた。

もし、5月の時点で病院側が異常に気がついていたら。いや、自分自身が体調の変化に疑問を持って、深く調べていたならば、事態は少し変わっていたのかもしれない。

そう。予兆は何度もあった。

ただ、当時は子どもが小さかったし、仕事も忙しくて、平日の昼間にわざわざ病院に行って診察する……という発想はなかった。大きな病院に行くには、紹介状も必要だし、予約も待たされるなど、いろいろと手間がかかる。ハードルが高い気がした。

病気と言われても、身体は動くし、食欲もある。

正直、健康診断でも何も問題がなかったので、「自分は元気だし、食欲もある。何か大きな病気にかかっているわけないだろう」と楽観的に考えていた。

いまにして思えば、まずは医者の言う通りに診察を受けるべきだった。

どんなに過去を悔やんでも、後の祭りだとは、わかっているけれど。

もし、いま自分と似たような症状がある人や医師から「精密検査をしてください」と言われたのに放置している人は、できる限り早く病院で診察してみてほしい。

もしかしたら、その判断が、あなたの命を救うことになるかもしれないから。

「自分はもうすぐ死ぬかもしれない」と初めて意識した日

悪性リンパ腫の診断が判明した翌日、近所の病院の紹介状を持って、すぐさま中野にあるT病院へと向かった。

耳鼻咽喉科に通され、まず行われたのは、異物ができた喉の奥がどうなっているのかを内部から確認する検査だった。

太いファイバースコープが、鼻の穴からするすると体内に入っていく。実はもともと鼻に異物を入れられるのが苦手なタイプだったので、スコープでグリグリと鼻の奥をまさぐられるのは、とにかく痛くて、つらかった。

「この痛みにあと5回耐えなきゃいけないなら、治療の継続は困難だな」とすら思ったほどだ。

しかし、痛みに耐えたかいがあって、カメラで喉の奥がくっきりよく見えた。先生いわく、首にできたコブと同じような腫瘍が、喉の奥にもゴロゴロとできているという。その状態やさまざまな検査の数値を見ると、ほぼリンパに関するがんであることに、疑いの余地はないらしい。


「やっぱりがんだったかぁ」というショックに浸る暇もなく、次に行われたのは「この悪性リンパ腫はどのような種類のものなのか」を検証する検査だ。

自分はまったく知らなかったのだが「悪性リンパ腫」とひと言で言っても、その種類は70種類以上あるという。そのなかから、自分のがんはどのタイプかを特定してからでないと、具体的な治療に入ることはできない。

種類を特定する検査がすむまでは、およそ1か月近くかかるという。

耳鼻咽喉科から血液内科に移り、診察を受けていると、検査データを眺めていた担当のお医者さんからこう聞かれた。

「ご家族に九州出身の人はいますか？」

「母親が佐賀県出身なので、九州出身者はいますね」

「まだ確定ではないのですが、もしかすると加治川さんの病気は成人T細胞白血病ウイルスというタイプのがんかもしれません」

苦い顔をしてそう告げる先生の様子を見て、「これはかなりよくない事態なのではないか……」という想いが頭をかすめた。

「成人T細胞白血病ウイルス」という単語は、人生で初めて聞く単語なので、診察が終わった後、スマホですぐに検索してみた。すると、数ある血液がんのなかでも、絶望的に予後の悪いタイプのがんだということがわかった。

国立感染症研究所のサイトを見ると、成人T細胞白血病ウイルスは母親から子どもに遺伝する病気で、主に九州地方出身の人に特に発症率が高い血液がんだという。仮にこの病気が発症した場合は、平均生存率は6か月程度。多くの場合、2年以内に死亡する。

また、治療法もほとんどまだ解明されていない。この病気だった場合は、T病院の先生だけで治療するのは難しいので、さらに大きな病院にいる成人T細胞白血病ウイルスの権威である先生に治療を頼むしかないという。

もし、治療法もわからないのであれば、来年1月頃には自分はこの世にいないのかもしれない。このとき、がんの告知を受けてから初めて「あぁ、自分は長くないのか」という自覚を抱いた。

人間は、実際に悪い結果に直面するよりも、最悪の結果を想像してしまうときのほうがつらいものなのかもしれない。

検査結果が出るまでの約１か月間は、精神的に生殺し状態で、地獄だった。後日、妻に聞いたら、この時期の自分は毎日のようにため息をついていて、話しかけられないほどに表情が暗かったと教えてもらった。

でも、いまの自分にできることは何もない。Ｔ病院の先生を通じて権威である先生に連絡を取ってもらう経緯を、静観しているしかなかった。

落ち込むなか、常に頭につきまとっていたのは風花のことだった。

やっと小学校に入ったばかりなのに、もう彼女と一緒に過ごすことはできないのか。

一人で30分の留守番も満足にできないような小さな子を置いて、自分は死ななければならないのか。

自分がいなくなった後、靖子はどうやって一人で風花を育てていけばいいのだろうか。

「この子の今後はどうなってしまうんだろう……」

そんな想いに突き動かされて、娘が不憫《ふびん》で仕方がなくなってしまった。

検査結果を待つ間は、少しでも彼女と思い出を作りたくて、学校を休ませて、池袋のサンシャイン水族館に行ったり、上野の恐竜博を観に行ったりした。

「子どもは勉強が仕事なのに、学校を休ませるなんて！」という批判は承知の上だが、2日間くらいは、あと半年で死ぬかもしれない父の最後のわがままとして大目に見てもらってもいいんじゃないかと思っていた。

風花はお出かけできてうれしそうだったけれど、なぜ遊びに行くのかといった理由については伝えていなかった。だから、「なんで学校を休んで遊びに行ってるんだろう？　何か悪いことでも起こっているのかな？」とひそかに心配していたかもしれない。


風花ちゃん、こんにちは。今日は3月11日でした。

キミが生まれる2年前のこの日。東北地方の太平洋側で大きな地震があり、大勢の人が亡くなりました。

あの日、お父さんは携帯が圏外の山の中で仕事をしていて、帰宅して犬の散歩を済ませ、テレビをつけると大型商業施設が水没していて、ようやく大変な事態が起こった事に気付きました。

しばらくするとお母さんも帰って来て、２人で夕食もとらず、濁流に流される車の映像や、燃える海を唖然として見続けました。

あれから11年。急に家族を失われた方々の１人でも多くの人が心から笑える日常を過ごせていれたらいいのですが。

今回、キミに伝えたいのは、良いことは案外予測できるけど、えてして悪いことは突然やってくるということです。

お父さんも何度となく突然の嫌な話に悶絶したものです。

最近で１番嫌だったのは、やはり悪性リンパ腫の告知でしたね。

余命宣告の時は色々麻痺していたというか経験値を積んでいたし、ある程度覚悟もしていたのでそれほどでもなかったのですが、最初の癌告知は予想外だったので、身体が震えたというか、どうやって帰宅したのか、覚えていません。

そもそもなんで癌が発覚したかというと、風花が小学校に入学した6月のある朝、首筋にコブができてました。

痛みも何もないけどカッコ悪いので薬局へ行き、薬剤師さんにコブを治す薬を頂戴なと言ったら鼻で笑われ、すぐに病院へ行けと言われました。

目についた医院に入り、症状を言うと、お医者さんの目つきが変わり、今からすぐに画像診断専門の施設に行けと言われ、CTを撮りました。

1週間後に最初に行った医院に行くと、A病院とB病院どちらがいいと聞かれ、通いやすいA病院を選択すると「悪性リンパ腫の疑いが濃厚です」とA病院への紹介状を渡されました。

その時お父さんは悪性リンパ腫がなんなのか、よくわかりませんでしたが、厄介なことになったなということは理解できました。

A病院で鼻の奥から細胞を採られたり、腰の骨の中の液を採られたりして、悪性リンパ腫のステージ4と診断された時は、二つの意味で驚きました。

一つ目はお父さんは仕事柄、年に2回健康診断を受診していたのに何の意味も無かったこと。

二つ目は癌の告知って、テレビドラマでは家族にするのに、実際には患者本人に天気の話でもするようなノリでするんだってこと。

お父さんは外見から攻撃性能に特化した人と思われがちだけど、ＲＰＧでは防御力から上げる堅守防衛型なんで、この時も色んな防衛策を練ってはいたんだけど、全部吹き飛ばされました。

癌告知の破壊力、半端ないっす。

このように防げないこともあるんだけど、悪い出来事に対応できる策はもっておいたほうがいいとおもいます。良い事がおきて喜ぶ準備も、余裕があれば是非。

（２０２２年３月12日　＃５　余命宣告をうけた父が９歳の娘に伝えたい癌告知の裏側と３月11日の悲劇）

状況はステージ4、抗がん剤治療が始まった

検査から約1か月後となる7月19日。先生から結果について連絡があった。

「加治川さんのがんの種類なんですが、成人T細胞じゃなくて、結節性リンパ球優位型ホジキンリンパ腫でした」

「え、それはどういう病気なんでしょうか？」

「数ある血液がんのなかでは、それほど悪性のものではありません。進行具合はステージ4でしたが、抗がん剤を打てば、5年生存率は80％以上あります」

さらりと末期がんであるステージ4だとは告知されたものの、あれほど心配していた成人T細胞白血病ウイルスではないと聞いただけで、気持ちは少し楽になった。

結節性リンパ球優位型ホジキンリンパ腫も決して簡単な病気ではないのはわかっている。がんであることにも変わりはない。でも、「自分はあと半年で死ぬかもしれない。風花の成長が見られない」と毎日落ち込んでいたなか、想定していたよりは多少悪性度の低い血液がんだったことで、希望はあるんじゃないかと思えたのだ。

また、５年生存率が80％ということは、きちんと治療を受ければ５年後に生きていられる可能性が80％以上あるわけだ。

成人Ｔ細胞の話をしたときは無口だった靖子も、結果を伝えたら「よかった、よかった」と喜んでいた。その顔を見たとき、改めて「この人や娘のためにも絶対に治さなくてはいけないな」と思った。

そして、病名がわかった２０１９年７月19日から、いよいよ治療が始まった。

Ｔ病院の先生に診察を受け、治療方針について説明されたとき、「血液がんというのは、外科的な手術ができないのでどうしても薬で治すしかない。だから、治療には長い時間がかかります」と言われた。

がんの治療法は、大きく分けて、外科手術、放射線治療、抗がん剤による化学療法、免疫療法の4つがあるとされている。

多くのがんは、特定の部位に発生するので、胃がんだったら胃を外科手術で切除、もしくは放射線を当てるという治療法を取ることができる。

しかし、血液がんの場合は、全身に循環する血液の中にがん細胞が入り込んでいるので、いわゆる「患部」が存在しない。血液は常に循環するものなので、放射線を当てるわけにもいかないし、手術で除去するわけにもいかない。

もちろん血液がんでも、抗がん剤をたくさん投与した後、脾臓《ひぞう》に残っているがん細胞に放射線治療する方法もあるらしい。ただ、自分の場合はステージ4で全身にがんが広がっていたため、放射線治療も難しいと言われた。

放射線治療も外科手術もダメ。治療の選択肢は抗がん剤一択だった。

自分の治療方法として採用されたのは、「CHOP療法」と呼ばれるもの。これは、シクロホスファミド、ドキソルビシン、ビンクリスチンという3種類の抗がん剤を組み合わせた治療法で、それぞれの薬の頭文字を取って「CHOP療法」と言うらしい。

「抗がん剤治療になる」と聞いたとき、最初に頭に浮かんだのは治療費について。

なんともタイミングが悪いことに、引っ越しに伴い家を処分していて、損害保険のがん特約が解約されていたため民間保険は少額のものだった。

「治療費に何百万円もかかったらどうしよう……」と心配していたが、高額療養費制度のおかげで、支払いは毎月最大でも8万円程度ですんだ。かなり本格的な治療を受けたにもかかわらず、普通のサラリーマンでも払える程度の出費ですんだのは本当にありがたかった。日本の医療福祉制度はすごい……と改めて感心してしまった。

「治療法についてはセカンドオピニオンを取ることもできる」と言われ、築地にある国立がん研究センターでの受診を勧める人もいたが、いろいろと考えた末にセカンドオピニオンは行わなかった。

ほかの治療法への興味がなかったわけではないが、セカンドオピニオンを取るために再検査を受けていたら、１か月から2か月近くも治療が先延ばしになってしまう。その間にがんが進行するのが怖かった。

血液内科でお世話になっていたのは、40代くらいの真面目な優しい先生だった。この人を信用しよう。治療法に関する知識もない以上、早く治すためにも、主治医の先生に言われる治療法を素直に受け入れようと決めたのだ。

カンファレンスを受けてから4日後。２０１９年7月23日から1回目の入院が始まった。

娘の風花には、入院前からがんになったことは内緒にしていた。島根から東京へ引っ越して、がらりと環境が変わったばかりだし、小学校にも地域にも慣れていない。友達もまだ少ないし、新生活で緊張している様子がまだ見て取れた。ちなみに、親が言うのもなんだけれども、両親である自分たちから見ても、風花はすごく気を使う子だ。7歳の彼女に突然「もしかしたらお父さんが死んでしまうかもしれない」と思わせるのは酷な話だ。

夫婦で話し合った結果、「いずれ本当のことを話すにしても、病状がひと段落してから話をしたほうがいいんじゃないか」という結論にいたったのだ。

入院当日は、娘には出がけに「ちょっとお父さん、入院してくるから」と軽く伝えるだけにとどめた。

以前、足のケガで長く入院したことがあったので、その記憶があったのか、風花は「お父さん、また病院に行くんだね。行ってらっしゃーい！」と軽い感覚で病院へと送り出してくれた。

好物のロールキャベツも食べられなかった抗がん剤の副作用

病院では、一度入院したら3日ほど病院内で体の調子を整えながら、血液検査や尿検査、腫瘍マーカーなどいろんな検査をした。

検査を経て、数値に何も問題がなければ、入院4日目くらいに抗がん剤の投薬を始め、4～5日経過観察をしたら自宅で3週間待機する。そのクールを6回繰り返すのが、自分に用意された治療法だった。

抗がん剤を打つ日は朝9時くらいから血液検査をして、血液検査の結果が出たら胃が荒れないようにする胃薬や吐き気止めの薬を服用し、朝10時から夕方18時くらいまでベッドの上で寝そべり、点滴で抗がん剤を打ち続けるような感じだ。

ベッドにいる間はスマホをいじることもできないので、ただひたすら暇だった。ポツン、ポツンと滴り落ちる点滴と共に、少しずつ量が少なくなっていく抗がん剤の袋をぼんやり眺めていることしかできなかった。

点滴袋に入った薬は、まるでピンクグレープフルーツのジュースのような鮮やかな濃いピンク色で、言葉は悪いが「これは毒々しい物質にしか見えないなぁ」と感じた。実際、CHOP療法を受けた際は、看護師さんからは「トイレが終わって流すときは必ずフタをしてください。また、赤ちゃんには触らないでください」と言われたほど。

その言葉を聞いたとき、「あぁ、いま自分の身体には何かの毒物が入っているんだな。自分は毒を使ってがんを殺しているんだなぁ」としみじみと実感した。

なお、このときのトラウマなのか、いまだにピンクグレープフルーツのジュースを見ると抗がん剤治療のことを思い出して気持ち悪くなってしまい、飲むことができない。

入院中、一番心配していたのが抗がん剤の副作用だ。

最初の頃は「この薬でどんな副作用が出るのだろうか」と緊張しながら一日を過ごしていた。「身体がボロボロになって、動けなくなるんじゃないか」「歩くことすらできないのではないか」という不安が頭を何度もよぎった。

ただ、幸運なことに、自分の場合、人生初めての抗がん剤治療は想像していたよりも楽だったようだ。

本来ならば10日ほど入院して３週間待機というサイクルを６クール繰り返す予定だったが、体質的にこの種類の抗がん剤に強かったのか、最初の３クール以降は、朝一番に病院に行って、抗がん剤を打って、夕方には家に帰るというサイクルに移行することができた。

看護師さんに聞いたところ、それぞれの抗がん剤に対して、強い体質、弱い体質というものがあるらしい。自分は普通の人よりもほんの少しだけ抗がん剤に強い体質だったようだ。看護師さんから「加治川さんは体質的に強いみたいだから、朝の時点で血液検査をした際に、数値が問題なければ抗がん剤を打って、日帰りで帰ってもらうようになったらしいですよ」と言われたときばかりは、がんにはなったものの「この抗がん剤に強い身体に産んでくれてありがとう！」と両親に感謝した。

ただ、もちろん抗がん剤が「楽だった」という意味ではなくて、あくまで「想像していたよりも楽だった」という程度に過ぎない。

体質的には強かったようだが、抗がん剤の副作用には困らされることも多かった。

最もつらかった副作用は、味覚障害だ。抗がん剤を打ってからというもの、舌に粘膜かビニールでも張られたような違和感がずっとつきまとっていた。そのせいなのか、「いま、これしか食べたくない」という食べ物以外はまったく喉を通らない。

味覚障害のせいで味のある飲み物も飲めなくなった。コーヒーやお茶を口に入れると異物を飲んでいるような気がして、気持ちが悪くなってしまう。サイダーやスポーツドリンクなど口当たりの良さそうなものも試してみたけど、ほとんど飲むことはできなかった。そんなわけで、毎日水分といえばミネラルウォーターばかり飲んでいた。


食欲減退もひどかった。お腹はすくのに、食べ物は受け付けられない。もともと100キロ近くある巨漢だが、1回入院すると体重は5キロ近く減っていく。

その日食べられるものが、気分や体調によって決まってしまうため、「今日はカレーしか喉を通らない」「今日はうどんしか食べられない」というような日はまだいいほうで、極端なときは「今日はハイチュウのブドウ味しか食べられない」なんて日もあった。

特によく食べていたのが、干しあんず。もともと好物だったこともあるが、抗がん剤の影響で酸味と甘味にしか味覚が反応してくれないので、甘味と酸味を兼ね備えた干しあんずは食欲のない日の救世主のような存在だった。

いつ干しあんずのストックが切れるかが心配で仕方なくて、家族や友達がお見舞いに来てくれると聞きつけると、「病院に行く途中にある中野ブロードウェイの店で、干しあんずを買ってきてくれ！」とお願いしては、買ってきてもらっていた。

わがままな話かもしれないが、食べることが大好きなので、好物が食べられないと少し気持ちも暗くなる。

退院してすぐに好物のラーメンを食べに行ったものの、抗がん剤の影響か、まったく胃が食べ物を受け付けなかったときは、かなり落ち込んだ。お腹はすいているし、食べたい気持ちもあるのに、口をつける気にならない。

いまではもう笑い話だが、その日の夜は「もう一生ラーメンが食べられなかったらどうしよう」と本気で心配したりした（幸いなことに、抗がん剤の作用が切れた後は、再びラーメンは食べられるようになって、いまは自分の大好物に戻っているけれど）。

ただ、残念なことに、抗がん剤治療がきっかけになって、食べられなくなった好物もいくつかある。

そのひとつがイクラを始めとする生ものだ。抗がん剤は朝から7〜8時間かけて打つので、「その間にきちんと食事をしてください」と主治医の先生からは勧められていた。そこで、治療の前にコンビニに行ってイクラのおにぎりを買っておいて、何気なく休憩中に食べた。すると、味覚のみならず嗅覚も敏感になっていたのか、イクラの生臭さが鼻について、一気に気持ちが悪くなって、すべて吐き戻してしまった。

いまだにイクラを見ると、そのとき感じた生臭いにおいが記憶と共によみがえって、食べることができない。

そのほか、食べられなくなったのはうどんだ。治療中はあまりにも食が細くなってしまって、入院中に出される白米の病院食が食べられなくなり、麺食に替えてもらうことも多々あった。入院中にかなりの率でうどんを食べていた影響で、いまでもうどんを見ると入院中のことを思い出して、「食べたい」という気持ちが起こらなくなった。

一番つらかったのは、好物のロールキャベツが食べられなくなってしまったこと。

入院が終わって食欲がなくなった自分を心配して、靖子が好物のロールキャベツを作って待っていてくれたことがあった。

「これまでの抗がん剤治療、お疲れさま」という靖子なりのねぎらいの気持ちで用意してくれたことはよくわかっていたので、ロールキャベツを食べたら一気に具合が悪くなって、以来一度も口にできていない。

好きな食べ物がどんどんなくなっていくショックもあったが、何より靖子が自分のためを思ってせっかく作ってくれた料理が食べられなかったのは、本当に申し訳ないし、つらかった。

治療中だから仕方がないこととはいえ、人生から大切にしていたものや好きだったものがどんどんなくなってしまうのは、自分の一部が少しずつ削られていくようなもの悲しさを感じた。

そのほかの抗がん剤の副作用といえば、脱毛だ。

抗がん剤は分裂が活発な細胞に影響を与える作用がある。体内で活発に活動しているがん細胞に働きかけるのと同時に、これまた分裂が活発な毛母細胞にも働きかけて、ダメージを与える。そのため、抗がん剤治療をすると、毛が抜けていく。

「ドラマや小説ではよく見かけるけど、本当に抗がん剤を打ったら毛が抜けるんだろうか」と半信半疑に思って、毎日、入院中は冗談で髪の毛を引っ張るのが習慣になっていた。最初はまったく抜けなかったのだが、抗がん剤投与から3週間ほど経ったとき、ごっそり髪の毛が抜けた。そのときは、「あぁ、抗がん剤は本当に細胞を攻撃しているんだな。俺、本当にがんになってしまったんだな」と改めて驚いた。

その後、髪の毛だけでなく眉毛や鼻毛も抜けたときには、娘からは「お父さん、髪の毛だけじゃなくて眉毛もないね！　つるつるだね！　あははは、すごいね！」と笑われた。

自分も、そのときには「まぁ、こんなもんだろうな」と開き直っていたけれども。

闘病中に助けになったのは、自分を支えてくれる人の存在だった

入院したとき、何より強く感じたのが、周囲の人の優しさだ。

東京でがんになって入院したという知らせを聞いて、島根県からわざわざ見舞いに来てくれる友人が何人かいた。なかでも特にお世話になったのが、島根と東京の友人二人だ。

まず一人は、数年前まで島根の林業の現場で一緒に働いていた同僚だ。いまはお互いに別の仕事に就いているけれど、妙に馬が合って退職後も月に2回くらい一緒に食事をする

ような間柄だ。休みの日にわざわざ東京まで会いに来てくれて、いろいろと相談に乗ってもらった。

島根から東京に来るとなると飛行機を使うので交通費もかかるし、時間もかかる。貴重なお金や時間を使ってまで、それでも自分に会いに来てくれる人がいることには、ただ感謝しかなかった。

もう一人は、当時働いていた介護福祉施設・ソラストの上司だ。

彼もとても優しい人で、「がんになってしまったので、入院のために長期で休みます」と言ったら「フルで休んでくれてかまいません！　しっかり治してきてください」と快く送り出してくれた。

入院中も何度もお見舞いにきては、差し入れをくれた。以来、彼とはいまでも交流が続いていて、島根に再び引っ越しても、東京から年に1回くらい遊びに来てくれている。自分よりも10歳くらいは年下で、風花もよくなついていて、いつも一緒に遊んでもらっている。

余命宣告後、自分にとって一番のリスクは、自分ががんで亡くなった上に、妻の靖子も亡くなって、風花が一人になってしまうということだと、ずっと心配に思っていた。二人に一人ががんになる時代だからこそ、万が一、親が二人ともいなくなってしまった場合、風花はどうなってしまうのか。

そんな最悪の事態に備えて、元上司には「もし万が一、二人ともいなくなってしまったら、風花が大人になるまでよろしく頼む。15歳くらいまでの生活費は渡すから」と伝えておいた。

彼が「当たり前ですよ！」と即答してくれたときは、本当にうれしかった。

あくまで保険のようなものだけど、心配性の自分にとっては、こうして周囲で支えてくれる人がいることで、必要以上に不安が煽られることがなく、心の安定を保てているような気がする。

そして、何よりも心の支えになったのは、風花と靖子の存在だ。自分の家族である二人が毎日のように見舞いに来ては、こまごまと洗濯物やら買い物などを手伝ってくれたこと、他愛もない話をしてくれたことは、抗がん剤治療で不安定なとき、本当に心のよりどころになった。

入院中、ベッドの上で生まれては消える不安の数々

入院する前にはお医者さんから「病気の治療に専念してほしい」と何度も言われたけれども、自分の場合は、治療に専念できる余裕なんてものはまったくなかった。それは、なにも自分に限った話ではないと思う。

病気になった多くの人は、ずっと病気だったわけではない。それぞれの人に、それまでに積み重ねてきた生活がある。家族のこと、仕事のこと、収入のこと、学校のこと、将来のこと……治療にはこうした複雑な要素がからみついている。だから、病気になったからといって、それらの要素を振り捨てて、いきなり治療だけに専念できる人なんて、なかなかいないんじゃないかと思う。

自分自身、入院中にとてもつらく感じたのが「家族や周囲に負担をかけている」という負い目だった。

まず、妻の靖子は仕事で忙しいのに、自分がいない分、子育てや家事も一人でやらなければならない。風花が育ち終わっているならまだしも、小学1年生なのでまだまだ親の存在が必要だ。

それなのに、自分はまだ50代になったばかりの働き盛りにもかかわらず、仕事もせず、家事もせず、治療ばかりしている上、自分自身のケアまで押し付けてしまっている。いったい何をやっているんだろう。

入院中も、ずっと自分を責める言葉ばかりが頭の中をよぎっていた。

主治医の先生からは「病気の治療に専念してください」と言われてはいたものの、いざ当時を振り返ってみると、まったく治療には専念できなかったように思う。

自分に万が一のことがあったら、靖子は風花を一人で育てられるだろうか。

風花はきちんと靖子を支えてあげられるのだろうか。

転職したばかりなのに、仕事はどうなってしまうのだろう。

ベッドの上に横たわりながら、次々と不安ばかりが膨らんでいった。

治療は終わった……そう思った矢先の、がん再発

最後の抗がん剤治療のクールが始まる2週間前、風花の七五三の撮影のため、近所の神社へと向かった。

もしかしたら、娘の着物姿を見られるのはこれが最後かもしれない……。そんな想いを抱きながら、華やかな着物を着てうれしそうに写真に納まる風花を見て、思わず泣きそうになってしまった。

そして、2週間の自宅待機の期間が終わって、いよいよ6回目の最後の抗がん剤治療が始まった11月25日。病院で、現在のがんの状況を調べるために、検査を受けた。

まだがんが残っていたらどうしよう……。

そんな不安を抱いていたが、結果を見た先生は満面の笑みでこう言った。

「よかったですね。もうすっかりなくなりましたよ。心配ありません。おめでとうございます！」

その言葉を聞いたときは、心底ほっとした。これで半年近い闘病の日々からは解放される。これで風花の成長を靖子と共に見守ることができる。

何気ない日常が戻ってくることが、心からありがたく、うれしかった。

今後はたまの検査を経過観察として行うだけでいいと言われて、先生に何度もお礼を言って、病院を後にした。

年明けの２０２０年１月に、以前から勤めていたソラストの介護福祉施設に夜勤専門職として復帰した。

会社への復職は、がん患者にとってとても大きな意味を持つ。

がん患者は療養中に何が起こるかわからない。治療の経過によっては、体調がすぐに回復しないケースも少なくない。治療が終わった後、明確に「この日から職場復帰できる」とは告げられないため、がん患者の一定数は勤務先との折り合いがつかず、離職する人も多いと聞いていた。

その点、自分が勤めていたソラストという会社は、医療福祉サービスを事業内容としていることもあり、非常にがん患者に理解があったのだと思う。今回、退院明けに無事に社会復帰ができたおかげで、金銭的に助かったし、生きる意欲もわいた。本当にありがたかった。

転職して数か月の身でありながら、親身になって相談に乗ってもらえたことにも助けられたし、焦らすようなことなく職場復帰を待っていてくれた会社には、いまでも心から感謝している。

がんの寛解を報告すると、上司をはじめ同僚たちからは「よかったね！　頑張ったね！」と喜んでもらえた。ユニットのリーダーにいたっては、「いっぱい食べて、たくさん栄養つけろ」とフレンチのフルコースをご馳走してくださった。

応援してくれた全国各地の友人たちにも、寛解したことを告げると、「また近いうちに会おう。本当におめでとう」と祝福のメッセージをもらった。

ピンポーン。

退院から数日後、玄関のチャイムが鳴った。玄関先で宅配便を受け取り、箱を開けると大きなカニが入っている。20年も会っていない札幌の友人からだった。

「元気出せ。必ずまた会うぞ」

懐かしい筆跡の短い手紙を読むと涙があふれてきた。


がんになったことで、家族や周囲の人々の大切さやありがたみを、改めて痛感した。だからこそ、靖子とは今後の人生の過ごし方について、何度もよく話し合った。

実は抗がん剤治療が始まる直前に、東京に来る要因となった両親との同居を解消して、家族３人で近所のアパートに引っ越して暮らすようになっていた。

家族３人での暮らしになったら、住む場所や家の選択肢も広がる。これからは、もっと静かに、穏やかに、仲良く生活していきたい。そのために、都会の喧騒《けんそう》から逃れて、もっと自然に囲まれた場所へと転居しようと決めた。

都心での暮らしは刺激も多いけれども、やや手狭だ。風花には転校を経験させることになるが、狭いアパート暮らしは彼女には窮屈そうに見えた。郊外ならば、もう少し広い家に住めるし、自然に近いところで彼女を生活させてあげられる。

以前住んでいた島根は山に囲まれていたから、次に住むところは海の近くがいいんじゃないか。そんな思いつきから、退院後、家族全員で神奈川県の海の近くの物件の内見に行き、湘南付近にある大磯にアパートを契約。海のある生活を家族全員で楽しみにして、引っ越しの日取りも考え始めていた。

アパートを契約した翌日、定期検診のため病院に行き、体内のがん細胞の様子をチェックするPET検査を行った。

海のそばに住んだら、毎朝散歩するのも楽しそうだな。

風花は海が大好きだから、きっと喜ぶんじゃないか。

せっかくなら、マリンスポーツを始めてもいいかもしれない……。

まだ見ぬ新しい生活を思い浮かべながら検査結果を待っていた。そして、自分の番が来て、いざ診察室に入ると、先生が言いにくそうに口を開いた。

「加治川さん、がんが再発しています」

目の前が、一瞬にして真っ暗になった。

第2章

自分と靖子が出会って、そして風花が生まれてきてくれた

東京で生まれ育った自分が海外へと飛び出した青春時代

がんという病気に侵される前、東京生まれの自分と島根生まれの妻・靖子の二人がどのように出会って、風花が生まれたのかについて、ぜひ簡単に記しておきたい。

自分が生まれ、育ったのは、東京都杉並区の高円寺。古くからの商店街があるこの下町は、毎日何かしらの刺激にあふれている場所だった。

ただ、小さい頃からぼんやりと「自分がいる場所はここではないんじゃないか」という

不思議な想いがあった。早く大人になって、この場所から出ていきたい。成長するにつれて、その想いは日に日に強くなっていった気がする。

高校を卒業した夜に、「ここではないどこかに行きたい」と自転車で日本一周する旅に出た。日本一周した後は、当たり前のように外国に行きたくなり、19歳でカナダに旅立った。世界が見たくなったのだ。

この話を他人にすると「え、就職とか考えなかったんですか？」と聞かれることがあるが、当時を振り返ると「たしかに、当時は将来のことを何も考えていなかったんだな」と痛感する。

言い訳をするようだが、自分が10代だった１９８０年代は、まだバブル景気に日本中が沸いていて、「フリーター」という言葉が世の中に浸透し始めたばかりの頃だった。

当時のフリーターは現在のイメージとは違って、「好きなときに好きなだけ働き、休みたいときには休む」という自由の象徴のような存在だった。事実、１か月も真面目に働けばアルバイトの身分であっても月30万円前後も稼げた。良い時代だったと思う。

東京ディズニーランドの脇に建設していたシェラトンホテルの作業員として働いたり、

北アルプスの山小屋で半年ほど住み込みをしたり、土木系のバイトをしたり。高校卒業後、1年間ほど真面目に働いて貯めた130万円を握りしめて、単身カナダへと向かった。

カナダのバンクーバーにたどり着いた後は、カヌーでユーコン川を下ったり、ヒッチハイクやバスを乗り継いで、南米大陸の南端を目指して南下する旅をした。大好きなアウトドアが毎日のようにできる生活は、本当に楽しかった。お金がなくなれば、カタコトの英語を使ってカナダの日本料理店やスキー場で働いて、その日の食事や宿にありつく日々を送った。


旅は1年半くらい続いただろうか。

南米を南北に細くまたがる国・チリの最南端の港町、プンタ・アレナスまでたどり着いたとき、そのまま海外に滞在するという選択肢もあった。けれども、なぜか「あぁ、そろそろ日本に帰らなくちゃ」と感じ、日本へと戻ることを決めたのだ。

ただ、帰国後も、また東京に戻りたいとは思わなかった。自然豊かなアメリカ大陸を縦断して、「自分は都会よりも自然に囲まれた場所が好きだ」と強く実感していたから。

帰国した後、働き、生活する場所として選んだのは北海道の札幌だった。

なぜ北海道を選んだのかというと、単純に「北海道は自然が多そうだ」というイメージがあったため。当時はインターネットもないので、調べる手立てもそんなにない。完全に先入観だけで行動していたと思う。

そこで、北海道で仕事を探したところ、たまたま求人募集をしていた医療系商社へと就職した。

入社後、職場の人からは東京から来たことを面白がられて、何度も質問された。

「なんでわざわざ東京から北海道に来たんだ？」

「田舎が好きだからです」

「札幌は都会だから。札幌をバカにすんなよ（笑）」

そう散々笑われた。その後、７年間ほど会社員として働いていたが、北海道の人々が言うように札幌は都会だったし、仕事も基本はスーツでやるしかなかった。

次第に、「もっと自然に近いところで、自然に触れながら暮らしたい」という想いが強くなって、転職をしようと決めた。

そのときに転職先の候補として選んだのが、小笠原の母島で漁師になるか、島根で林業をやるか。極端な二択に感じるかもしれないが、それには一応理由がある。

まず小笠原については、単純に本土から遠く離れた海に浮かぶ大自然に囲まれた島への憧れがあったので、その地に住んでみたいと思ったのだ。

もうひとつの候補である島根県の林業は、補助金が出るのが大きな動機だった。

当時、日本中のいろんな自治体で林業のなり手を募集していた。静岡や長野など東京から比較的近い場所は人気が集中していたので希望者が多く、競争も激しそうだった。でも、鳥取や島根といった東京から遠い場所の場合は、手を挙げる人が少ない。そのため、希望者を集めるために、各自治体が「10年間その土地で働くのなら、最初の初期投資に使う貸付金を返さなくてもよい」というお得な制度を出していたのだ。

意外と知られていないことだろうけれど、林業を始める場合、仕事で必要な設備は個人がそろえなくてはいけない。

自前でチェーンソーや林業用の軽自動車の箱バンを買ったりしていると、なんだかんだで100万円近い費用がかかる。初期費用を自分で用意しなくても、貸付金を借りられる上、10年間働くなら費用を肩代わりしてもらえるのは、本当にありがたかった。

また、林業への憧れもあった。

高校を出た後に山小屋で働いた経験がすごく楽しかったので、山の中で働くことに悪いイメージはまったくなかった。一時は、山小屋で就職するという道も考えてみたが、夏場は山小屋で、冬場はスキー場で働かなければならない。自分はスキー場という柄でもないな……と二の足を踏んでいた。

カナダで旅をしているとき、山火事が起こった後、禿げ頭になってしまった山の植林を手伝うボランティアをしたことがあった。そのときから、「こんなふうに森を守る林業という仕事があるんだ。いい仕事だな」とずっと関心を抱いていた。

最後まで小笠原に行くか、島根に行くかで迷ったが、「母島で漁師になったら船酔いがすごそうだな。自分は船にそこまで強いタイプじゃないのだから、島根で林業をやろう」と決めた。

そして、１９９８年８月、29歳のときに当時飼っていたパグ犬のゴリを連れて島根へと移住した。

移住先の島根で人生最高のパートナーに出会った

最初は誰も知り合いはいなかったものの、林業を通じて徐々に知り合いが増えていき、数か月がたった頃の1999年3月。

林業の先輩が「友達を紹介してあげるよ」と言って開催してくれた飲み会で、先輩の女友達と一緒にやってきたのが後に妻になる靖子だった。

ただ、初対面の印象は、決してお互い良いものではなかった。

約束の待ち合わせ場所はコンビニの駐車場だったが、自分が乗っていたのが練馬ナンバーのシルビア。しかも、よろしくないことに車高を低くして改造した「シャコタン」だった。

髪の毛は金髪で、服装はオレンジ色の革ジャンだった。そんなド派手な風体の男が待ち合わせ場所に現れたので、靖子は「絶対にこの人は東京から来た人だ。なんだか、すっごいバカそうだな……」と思ったらしい。

ただ、言い訳をさせてもらうと、乗っていた車は、東京から島根に来るときに、友達が「もういらないから」という理由でもらったもの。決して自分が選んだものではないし、カッコつけようという気持ちもなく、むしろその車しかなかったから乗っていったのだけれど、靖子には後日「あのときのあなたは、すごく態度が悪かったよ」と言われた。

さらに、会った初日に、自分と靖子は口ゲンカもしている。

１９９８年にフランス・ワールドカップが開催され、日本代表が初の出場を果たしていた。すでにワールドカップは終わっていたとはいえ、当時はまだまだ日本中がサッカーの余韻で沸いていた。だから、会合でも、当たり前のようにサッカーの話題が出たのだ。

自分が「ゴールキーパーは川口能活よりも楢崎正剛のほうがよかったんじゃないか」と口にしたら、「そんなことない！」と反論する女性がいた。

そんな気の強い女性が、靖子だった。彼女は川口のファンで、川口の飛び出しの良さやセーブ率について延々と熱弁し始めた。自分も負けてはならぬと持論を展開し、口ゲンカが始まった。

正直、初対面の印象は最悪だったわけだが、何度か共通の知人を介して顔を合わせるうちに、靖子は「面白いやつだ」と思ってくれたようで、いつしか二人きりで会うようになり、付き合うようになっていった。

彼女は几帳面で真面目で努力家。一方の自分は、好きなことだけやっていたい自由人。まったく真逆のタイプなので、もし、彼女と同じ高校に通っていたとしても、おそらく3年間絶対に口を利いていなかっただろう。

しかし、正反対のタイプだからこそ、馬が合う部分もあったのかもしれない。自分が30歳で靖子が26歳の2000年の5月21日から、公営住宅の一室を借りて一緒に住み始めた。


かわいい人だな。

彼女に対して強くそう思ったのは、東京の実家に住む両親に、靖子を紹介しに行ったときのことだ。実家の近くにあるセブンイレブンを見て、靖子は「あ、ここに入ってみたい！」と声を上げた。

都心部に住む人にとってはセブンイレブンなどありふれた存在だが、当時は島根県にはセブンイレブンの店舗がなかった。島根で生まれ育った靖子にとって、初めて見るセブンイレブンはすごく珍しいものだったらしい。

一緒に入ろうとして自動ドアが開いた瞬間、靖子は「お邪魔します」と挨拶した。

「なんでお邪魔しますって言ったの？」

「え、島根では当たり前のことよ。地元のお店に入るときは、『こんにちは』か『お邪魔します』って言うもんだよ」

「そうなんだ……」

靖子の実家は酒屋さんで、商売をするお店だから、彼女の地元ではこうした挨拶は当たり前だったのかもしれない。でも、そんな素朴で誠実な部分が、妙にかわいらしかった。改めて「いい人と一緒にいられて幸せだな」と思った。

プロポーズは一緒に住んでいた公営住宅で、シンプルに「結婚してください」とひと言だけ。断られる不安もちょっとあったけれど、靖子はＯＫしてくれた。

そして、２００１年１月１日、世界が21世紀を迎えたその日に、籍を入れた。

「きっと子どもはできないだろう」と覚悟していた

２０００年５月21日。靖子と二人で一緒に暮らし始めた日をよく覚えているのは、そのちょうど12年後に風花が生まれたから。

長年の間、「自分たち夫婦には子どもができないだろう」と諦めていた矢先の出来事だった。

二人とも子どもが大好きで、結婚したら早く子どもが欲しいと思っていた。だから、入籍当初から、子どもをつくろうとがんばっていたけれどもなかなかできない。

もしかしたら、身体に何か問題があるのかもしれない。何か原因があるのなら対策を講じておきたい。そこで、２００３年のある日、病院へ行ってみた。

診察を受けると、どうやら靖子には何も問題がないが、自分の生殖能力には何かしら問題があるという。

「あなたは非常に子どもができづらいタイプです。不妊治療をしたら、もしかしたらうまくいくかもしれませんが、場合によっては、一生子どもができないかもしれません」と医師からは告げられた。

その言葉を聞いたときはあまりに衝撃だったので、帰宅後、靖子に「俺と離婚して別の人と結婚してくれないか」と言ったほどだ。

まだ靖子は若いし、子どもが大好きだし、何より子どもを欲しがっている。自分とこのまま一緒に生活しても、子どもを持つことはできないかもしれない。彼女の描いていた人生計画を邪魔したくはなかった。

その想いを伝えると、彼女はこう言った。

「子どもが欲しいからって、あなたと結婚したわけじゃない。とにかく一度不妊治療をしてみよう」

それ以来、二人で病院通いの日々が続いた。でも、不妊治療を始めてしばらく経つと、靖子の顔が徐々に曇っていった。

「どうしたの？」と聞いてみると、「不妊治療がつらい」と言う。

たしかに不妊治療は、男性側に比べて女性側の負担が明らかに大きい。排卵を促進するためのホルモン注射をしたり、卵子を採取されたり、指定された日に病院に行ったりと、身体的な苦痛から時間的な拘束まで、あらゆるハードルが降りかかってくる。

めったに泣き言や弱音を吐かない靖子が「もう不妊治療はやりたくない」と呟いた。

それを聞いた瞬間、彼女にはこう伝えた。

「つらい思いをさせてごめん。これからは二人だけの人生を歩んでいこう」

靖子には自分のせいで負担をかけて申し訳なかった。また、子どものいない人生でも、彼女が納得してくれるのであれば、それはそれでいいじゃないかと思ったのだ。

そして、結婚から10年間は、犬を家族とし、大人二人の気ままな生活を楽しんでいた。


変化が訪れたのは、２０１１年の秋頃。

仕事で山の中にいるとき、靖子から一本の電話がかかってきた。

日頃あまり仕事中には電話をしてこない靖子からの着信を見て、「何があったんだろう？」と驚いた。そもそも林業の仕事をして山の中にいるときは、圏外で電波が届かないことも多い。だけど、その日はなぜか偶然にも電話がつながった。「よほど緊急性が高いことなのかな」と不思議に思って電話を取ると、開口一番、彼女はこう言った。

「もしかしたら、子どもができたかもしれない。いま、妊娠検査薬でチェックしてみたら、陽性だった」

それを聞いた瞬間、全身がふわりと浮き上がったような感覚と同時に、心臓がバクバクと躍動するのを感じた。

たしかに記憶を思い返してみると、彼女は１週間前くらいから「胸がむかむかする」「ちょっと熱っぽいかもしれない」などと言っていた。あれは妊娠の兆候だったのかもしれない……。

そう思っていると、「明日、病院できちんと診察してもらいたいから、一緒に来てもらえないか」と言われ、ふたつ返事でＯＫした。

もしかしたら、自分に子どもができるかもしれない。

人生でこんなに舞い上がったことはないと思うほどに、心が浮かれていた。

それと同時に、「あぁ、実はこれまでは『子どものいない人生もいいじゃないか』と思っていたつもりなのに、本当はこんなにも子どもが欲しいと思っていたんだな」と改めて痛感した。あまりに気持ちがふわふわと浮ついていて、ちゃんと歩けている感覚すらなかった。「ヤバいな、この状態で午後からチェーンソーを使ったり、トラックを運転したりしたら、ケガするかもしれない」という不安がよぎった。

しばらく経っても気持ちの高ぶりが治まらないので、職場の人たちには「今日は身体の調子が悪くなったから帰る」と断りを入れて、自宅へと戻った。

なんとか気持ちを落ち着けようと、帰宅途中にある自動販売機で缶コーヒーを買って飲む。コーヒーの苦味で、少しずつ気持ちが落ち着くのを感じた。そのタイミングで実家の母に「もしかしたら子どもができたかもしれない」と電話して、ようやく冷静になれた。

いまでも、そのときにコーヒーを飲んだ自動販売機の前を通り過ぎるたびに、「子どもが靖子のお腹にいることがわかったとき、ここで気持ちを静めるために、缶コーヒーを飲んだな」と思い出す。

翌日、靖子と共に産婦人科へ行って検査してもらい、お医者さんから「間違いないです」とお墨付きをもらってひと安心した。エコーでお腹の中を見せてもらうと、小さな点のような存在だったけれども、初めて自分たちの赤ちゃんの姿を確認できて「あぁ、自分たちに子どもができるんだ」という感動が、胸を襲った。

最初のニックネームは「ゴマちゃん」だった

病院で診察して、妊娠のお墨付きをもらった後、世の中で伝わる教科書通りに靖子のつわりが始まった。彼女の場合、つわりの日々は1か月ほど続いた。

あまりにも苦しそうにしている彼女の様子を見て、何か自分にできることはないだろうかと常にソワソワしてしまった。とはいえ、自分にできるのは、せめて家事をするくらいしかない。洗濯や食事の準備、皿洗いなど、積極的に家事を担当するようになった。

体調が悪いながらも、出産の準備をする様子を見て、「お腹に赤ちゃんがいるというのは、本当に大変なことなんだな」と痛感したし、その姿には神々しさすら感じた。

身体的にはつらそうだったけれど、親になれるという喜びで、毎日本当にうれしそうだった。その証拠に、エコーで出会ったまだまだゴマ粒のように小さな我が子に対して、毎日のようにお腹に向かって「ゴマちゃん」と呼びかけていた。

診察でエコーを見せてもらうたびに、赤ちゃんが大きくなっていく。

ゴマ粒のようだった赤ちゃんが豆くらいのサイズになると、「ゴマちゃん」というニックネームが「豆ちゃん」へ。豆サイズがイチゴくらいの大きさになったときには、ニックネームは「豆ちゃん」から「イチゴちゃん」へと変わっていった。

どんどん成長して、いよいよエコーに映る姿が赤ちゃんらしくなってきた頃、「そろそろちゃんと名前をつけたほうがいいんじゃないか」と、子どもの名前を考えるようになった。

最初に思ったのは「加治川」は3文字だから、収まりをよくするために、名前は漢字2文字にしたいということ。

名前の一文字目には「風」という字を選んだ。「風」という字を選んだのには、理由がある。自分がこれまでの生き方として大切にしているのは、とにかく「自由」であることだった。だから、自由の象徴のような「風」という文字を入れたら、その子ものびのび育ってくれるんじゃないかと思ったからだ。

そのほか、自分の名前の「健司」も妻の名前の「靖子」もどちらも16画だから、娘の名前も16画にしたかった。靖子に「自分が好きな漢字である『風』を入れるから、あとの7画の中であなたの好きな字を入れてくれないか」と伝えた。

そこで、靖子が考えたのは、女の子だったら「風」と「花」で「風花」。また男の子の名前を考えていたようだ。以来、お腹の赤ん坊に話しかけるときは、「ふうちゃん」と呼びかけていた。

「生まれるまでは性別を知りたくない」と靖子はずっと言っていたけれども、産婦人科の先生からうっかり「女の子が順調に育っていますね」と暴露されたことで、生まれる前に子どもは女の子だと判明した。

男兄弟しかいなかった自分にとって、娘は憧れの存在だったので、女の子がお腹にいるとわかったときはすごくうれしかった。

そして性別が判明してから出産するまでの間、お腹に向かって「風花ちゃん」といつも話しかけるようになった。いつ子どもが生まれるのか。毎日ワクワクしながら過ごしていた。

人生で一番長かったかもしれない君が生まれた日

自分たち夫婦が同棲を始めた2000年5月21日から12年後。2012年5月21日22時32分に、風花が生まれた。

あの日のことは、いまだに忘れられない。思い出すと、ぐっと胸が熱くなる。

そんな自分の人生における最高の一日は、朝4時頃に靖子に起こされたところから始まった。腹部を押さえながら「お腹が痛い。病院に連れていって」とうなる彼女を見て、「これは生まれる兆候なのかも」と、一気に眠気が吹き飛んだ。

当時は、島根の山の中で暮らしていたので、この家で生まれては大変だと、急いで出雲市内の産婦人科へと車で連れていくことにした。

まだ暗い夜道を、靖子を乗せて、慎重に、でも急いで運転したのをよく覚えている。病院に着いて、簡単な検査を受けると、彼女は個室に通されて、ベッドで横になってい
た。その日は仕事を休んで、終日靖子に付き合おうと決めた自分も、そのまま部屋で付き
添いをした。暇だったので、部屋にあったテレビをつけると、その日は各地で金環日食が
見られるという稀な日だったようで、テレビでみのもんたが金環日食の中継をやっていた。
「そうか、今日は金環日食の日か。今日生まれてきたらいい記念日になるな」と思った。
病院に着いて安心したのか、靖子は静かに寝息を立てていた。自分はこれまでに出産する人を間近で支えた経験がないので、「これからどうしたらいいんだろう」と、不安でいっぱいになった。
しばらく付き添っていたものの、起きる様子が見えなかったので、病院から出て昼ごはんを食べに出かけた。そのとき食べたのは、たしかよく行く店のラーメンだったと思う。いつも通りおいしかったはずだが、ドキドキしていて、味をよく覚えていない。
食事をすませ、オヤツを買って病院へ戻ると、靖子は目を覚ましていた。そして、お腹がすいたと言い出した。
「用意されていた病院食を食べたら？」

「ううん。ゼリーが食べたい」

そこで、早速オヤツに買ってきたゼリーを渡すと、彼女はそれをペロリと食べ切って、またうとうとと眠り始めた。病院食が冷たくなっていく様子を見るのが忍びなくて、一口食べてみると、病院食とは思えないほどおいしかった。「靖子が食べないなら」と、気づけば全部食べてしまった。後日、実はその産婦人科は食事がおいしいことで評判の病院だったのだと聞いて、「なるほど！」と納得した。

16時を回った頃、「この分だと、生まれるのは明日かな？」とのんきに構えていたら、急に靖子がウンウンと声を上げ始め、17時前には分娩室へと運ばれていった。看護師さんから「お父さんも入ってください」と言われ、分娩室へと足を踏み入れた。

初めて足を踏み入れた分娩室は想像していたよりも狭くて、自分が産むわけでもないのに、妙にドキドキしてしまった。

出産の兆候は依然としてあるものの、なかなか子どもが出てくる気配はない。

靖子は高齢初産だし、なんと担当してくれた助産師さんは、たまたまその日が助産師として独り立ちするデビューの日だった。

高齢妊婦に新人助産師。なかなかの組み合わせだと心配に思っていたら、その予感は見事に的中。案の定、なかなか生まれてくれない。

助産師さんの指示に合わせて、靖子は懸命にいきむけれども、時間だけが過ぎていく。自分にできるのは彼女の腰をさすったり、励ましたり、ウチワで顔をあおぐことだけ。そのうち靖子は「この助産師さんの指示を聞いていても、どうにもならないんじゃないか」と察したようで、助産師さんを無視して自己流の体勢に自己流の呼吸法でいきみ始めた。しかし、それもしょせんは我流。無論、徒労に終わっていた。

新人の助産師さんは「もう少しですよ」「頭が見えてきましたよ」と懸命に励ましていたものの、後ろで見ている自分の目からは、頭が出ている様子も見えないので、「なんとか生まれますように！」と祈るしかなかった。

何ひとつ進展が見られないので、分娩室の硬いタイルの上で薄いスリッパのまま立ちっぱなしでいるのに疲れてしまって、ウチワをあおぐ手を止めてしまうこともあった。すると靖子から「あんただけサボって、何やってるの！」と言わんばかりの鬼のような目でにらまれ、急いでウチワをパタパタと動かした。

7時間近く経過しても、何も進展がない。すると、22時頃になって、女医さんとベテランの助産師さんが助っ人にやってきた。

新人の助産師さんから経緯を聞くと、女医さんはいきなり靖子のお腹の上に馬乗りになる。非常に恰幅《かっぷく》のいい女医さんだったので「え、これじゃ赤ちゃんが押しつぶされてしまうんじゃないか……」と内心ハラハラしてしまった。

ただ、女医さんたちが一生懸命、靖子のお腹をぐいぐい触って刺激してくれたおかげで、陣痛から18時間が経過した22時32分、ようやく赤ん坊がお腹から出てきてくれた。

靖子の身体から赤ん坊が出てくる様子を見て「これで我が子に会えるのか」と感動もひとしおだった。

金環日食に生まれてくる子は金のネックレスをまとって生まれてくるという伝承もあるらしいが、靖子から出てきた赤ん坊は、首にへその緒がぐるぐると巻き付いていた。どうやらそれが難産の理由だったようで、先生も「これは大変でしたね」と声をかけてくれた。

実は出産前、絵本を読み聞かせると、お腹の中でふうちゃんがぐるぐると動くのがうれしくて、つい毎晩何冊も絵本を読み聞かせていたのだ。「お腹の中で回りすぎたせいで、首にへその緒がからまってしまったのかな……」と、靖子と赤ん坊には内心申し訳ない気持ちになった。

生まれてきた我が子は、赤紫にも似た赤黒さで、ところどころに血がついていて、「まさにいまお腹から出てきたばかり」というリアルな雰囲気があった。

か細い声で泣いている風花は、看護師さんにへその緒を処理され、清潔なタオルで拭かれると、「最初はお母さんに抱っこしてもらおうね」と靖子に手渡されていく。

風花を抱き上げながら、「君だったのか〜。やっと会えたね」と靖子が話しかけている姿を見て、思わず涙があふれそうになった。

続いて、看護師さんに「お父さんも抱っこしてあげて」と言われ、恐る恐る抱っこして見たところ、あまりに軽くて小さい。少しでも力を入れたら壊れてしまいそうで、本当にドキドキした。その後、２週間くらいは、風花を抱き上げるときの感覚がつかめなくて、おっかなびっくりだった。

抱き上げた瞬間、「生まれてきてくれてありがとう」という実感がどんどんわいてくる。これまで人生のピークというものは、10代の終わりから20代前半くらいだと思っていた。でも、風花が生まれた瞬間、「あぁ、彼女と過ごせる『いま』からが、人生の本当のピークなんだ」と強く感じた。

そんなとき、目も何も見えない風花に、そっと指を差し出すと、指をぎゅっと握ってくれた。その力は、生まれたばかりとは思えないほど、力強かった。

この子をできる限り守って、大切に育てていかなくては。風花が生まれたことによって、足りなかった人生の歯車のパーツがカチッとはまったような気がした。

風花が生まれた産婦人科は、出産したらすぐに赤ん坊と同室させて、母乳で育てるという主義の病院だったので、検査や測定が一通り終わった後、3人で病室に戻り、靖子と風花はベッドで、自分は病室の床で眠りについた。

もしかしたら人生で一番長い日だったかもしれない。でも、とても濃厚で、とても幸せな一日だった。

夜中にふと目が覚めたとき、子どもの存在を確かめたくて、立ち上がってベッドの中にいる風花を見た。

くーくーと寝息を立てて、一生懸命寝ている。

プニプニとやわらかくて温かい頬に手を当てて、その存在を確かめてから、また床の布団に横になった。

あー、やっと生まれてくれた。ずっと君に会いたかったよ。

これからもよろしくね。そんな想いでいっぱいだった。

親らしい親にはなれないんじゃないか。不安だらけだった子育ての日々

風花が生まれたときは、正直、不安もたくさんあった。

彼女には申し訳ないけれども、「自分は、いわゆる〝親らしい親〟にはなれないんじゃないか」という気持ちが強かったのだ。

なぜなら、自分自身が「父親」がどういう存在なのかがよくわかっていなかったから。うちの父親はすごく無口な人で、あまり子どもと関わらない人だった。幼少期を振り返ってみても、父親と楽しく会話をした記憶はほとんどない。自分には姉妹もいないから、女の子がどんなふうに育っていくのかも知らない。

だから、風花に接するときも、父親としてどうやって接したらいいのかが、よくわから

なかった。

そんななかで、風花が生まれたときに強く心に決めたのは、「なるべく娘と会話をしよう。なるべく一緒の時間を過ごそう。なるべくこの子のやることを否定しないようにしよう」ということだった。

自分がしてもらえなかったこと、してもらいたかったことを、娘にしてあげよう。

それが、自分らしい父親の在り方だと思ったのだ。


子どもが生まれる前は、「急に病気になって、深夜に病院に走ったりするんだろうな」「夜泣きが大変で、全然眠れないんじゃないかな」と実は不安がたくさんあった。

でも、風花が小さかった頃のことを思い出してみても、生まれたときから、親として困らされたことが本当に思い浮かばない。

ずっとニコニコと笑っていて機嫌がよくて、いつでも手のかからない子だった。自分だけがそう思っているのかなと思って、靖子に「小さいとき、風花について困ったことって何かあったっけ？」と聞いてみたことがある。

すると、靖子も「記憶がない。一番心配していた夜泣きにしても、おっぱいをあげたらすぐに寝て、全然寝不足にならなかった」って言っていた。強いて挙げれば、ちょっと甘えん坊で、小さい頃「暗いところが怖い」「一人での留守番は怖い」と言っていたことぐらい。

いまでも不思議だなと思うのは、風花がまだ3歳くらいで、家族３人でテレビを見ていたときのこと。ボウリング場が画面に映ったときに、風花が「あれ、ここ、みんなでクリスマスに行ったことがあるよね？」と言い出したのだ。

近所にはボウリング場はないし、家族全員でボウリング場に行ったこともない。「なんでそんなことを言うんだろう？」と不思議で仕方がなかった。

思わず「え、なんで？」と聞いたら、風花は「言わなきゃよかった」という顔をして、それ以上ぴたっと話をやめてしまった。その後、時々靖子と話したことがある。「もしかしたら、あれは風花がお腹の中にいるときの記憶なのかもしれないね」と。

後になっていろいろ調べたら、世界中の子どもたちは3歳くらいまで、「お母さんのお腹から生まれる前、僕らは雲の上に赤ちゃんがたくさんいて、それぞれいい人そうなお父さんとお母さんを選んで、それぞれのおうちにもらわれていくんだよ」と言う子が多いんだとか。

もしかしたら、風花もお母さんのお腹の中にいるときに、雲の上からクリスマスに誰かがボウリングしている様子を見たのかもしれない。そして、この家を見つけて、選んでくれたのかもしれない。現在の風花にそんなことを聞いても「そんなこと言ったっけ？」と言うだけなので、いまではその真偽は確かめようがないけれども。

でも、もしそうなんだとしたら、うちを選んでくれて、本当にありがとう。

君の父親になれて、本当にうれしかったよ。

風花ちゃん、こんにちは。

キミは幼い頃から、人と遊ぶのが好きでした。

最初にハマったのはジャンケンで、グー、チョキ、パーの概念は置いておいて「もっかーい、もっかーい」と笑うキミを相手に、何回もジャンケンをしました。

何が嬉しいのか、勝っても負けても、とにかくずっとご機嫌でした。

次いで積み木にはまり、少しずつ言葉が話せるようになると、しりとりに夢中になりました。

喉まで出かかっている単語を脳内で懸命に繋ぎ合わせて「め、め、めんちかつ」とか言っていたキミを、今でもよく覚えています。

トランプを教えると神経衰弱にハマってしまい、連夜の神経衰弱大会が開催されると お父さんもお母さんも文字通り神経の衰弱にさらされてしまい、教えなければよかった と、後悔したこともありました。

「あつ森」を始めた頃から1人でちんまりと遊ぶ時間も増えてきましたが、それでも今 でもこうしてカードゲームを誘ってくれるのがとても嬉しいですね。ありがとう。

お父さんはよく「なるべく楽しく生きなさい。寝る前に布団に入って『今日はアレが 楽しかったなぁ』と思い返せるような楽しい事を1日1個作るように生きてごらん」と キミに勧めていますが、お父さんが思う楽しいこととは、まさにこんな時間のことです。

こんなふうにキミやお母さんと積み重ねてきた時間の蓄積が大きな財産となって、今 のお父さんを支えてくれているような気がしています。

キミとたくさん遊べてよかった。

キミの笑顔がたくさんみれてよかった。

お母さんとキミのおかげで本当に楽しくて幸せな人生だったんだなぁと、今回の映像 を見ていて改めて思ったし、楽しそうに笑っている自分を見て色んなことに気づかされました。

ということで、今回はこの辺で。バイバーイ。

（2022年11月15日　#75 余命宣告を受けた父が娘に伝えたい改めて気づいたこととは）

ずっと欲しかった、念願の子ども。

とにかくかわいくて、暇さえあればいろんなところへと連れていった。

1歳3か月のときには、海へ。風花が心から楽しそうにしているのを見るのはとてもうれしかった。3歳からは、毎年のようにキャンプにも行った。風花がはしゃいでずっとお外で遊んでいて、気づかないうちに熱中症になって熱を出してしまったこともあった。あのときは心配でならなかったのを覚えてる。

育ててみてわかったのは、風花は、小さい頃から「私はこれがしたい」「私はこれが欲しい」といった自己主張をあまりしない子だということ。

一時期は、「この子は自己主張を全然しないから、いろいろと無理しているんじゃないか」とすごく心配だった。

でも、風花が保育園で友達と遊んでいる様子を見て、考え方が変わった。

当時、島根の山の中で暮らしていたため、彼女の同級生は、男の子と女の子が一人ずつしかいなかった。

早めに仕事が終わり予定より早く保育所へ迎えにいったときのことだ。同級生３人で遊んでいる姿をボンヤリ眺めていると、次は何をしようという話になったようだ。男の子は「外を散歩したい」と言い出した。一方で女の子は「私は保育園の中で遊びたい」と言う。すると、風花は「じゃあ、保育園の庭で遊ぼうか？　これなら外でも遊べるし、屋根もついているから保育園の中で遊んでいるのと同じようなものじゃない？」と提案したのだ。

二人の意見を上手にまとめて、仲裁する。それをようやく喋れるようになった４～５歳の子がさらりとやってのけているのを見て、「あぁ、この子は自分の意見を言うことよりも、人をとりなしたり仲裁したりするのが、根っから好きなんだな」と納得した。

それ以来、自己主張しない彼女を見ても、過度には心配せず「こういう子なんだな」と受け止めるようにしている。

いまでも、自分たち夫婦の意見がまとまらないときは、風花が「じゃあ、こうしたら？」と提案することがある。時々「親よりも大人っぽい子どもに育っているのではないか」と、末恐ろしくなるけれども……。

人生初の大ケガと大手術。林業から介護職への転職

2018年以降は、林業の仕事を辞めて介護の仕事に転職したので、それまで以上に風花と過ごす時間が増えた気がする。

のんきで気に入っていた林業から離れることになったのは、作業中のケガが原因だった。

その日の仕事は、山の中での除草。刈払機《かりはらいき》という機械で草を刈っていたときのことだった。

……あれ？　足が熱い……！　足が燃えるように熱い。

突然の衝撃に驚いて足を見ると、機械の刃が硬い樹に当たったことで跳ね返り、足にグサッと刺さっている。

刈払機は除草作業を行うときに欠かせない存在で、扱い自体は簡単だがほんの少しでも油断するとケガをすることもある、取り扱いに厳重な注意が必要な機械だ。

林業に従事する人間にとって、刈払機は相棒のようなものだが、自分も長い間当たり前のように使い続けていたせいで、そのときは少し気が緩んでいたのかもしれない。

以前から自分は痛みに耐性があるほうだと思っていたが、足に刃が刺さったときは痛みで気を失いそうだった。急いで車に戻って、病院に行こうと思った。

山道の中、足を引きずって歩いた。しかも、周囲は雨。

ぬかるむ道を歩きながら、何度も意識が飛びそうになったけれど、体重が１００キロ近くある自分がここで歩けなくなったら、運んでもらうのも難しい。きっと大変なことになるに違いない……。

そうなったら、病院搬送が遅れて、下手したら死んでしまって、もしかしたら風花に会えなくなるかもしれない。止まったらダメだ。風花のことだけを考えながら、必死に足を動かした。戦争の負傷兵とは、きっとこんな感じだったに違いない。

病院に向かう途中、車の中から靖子に電話をした。

「ちょっとケガをしたから病院に行ってくる」

「え、大丈夫なの？」

「うん、ちょっと足を切っただけだから、すぐに終わるんじゃないかな。夕飯には帰れると思うから」

「わかった、気をつけてね」

靖子と話をしているときは「軽く縫って帰れるだろう」と思っていたのだが、いざ病院に着いてみたら、医者からは「いますぐに検査しなきゃダメです」と強く言われた。

どうやら、思っていたよりも症状がひどかったらしい。

しかも、驚いたのが、「林業の機械でケガをした場合は、破傷風の危険性があるので、下手したら膝から下を切断するかもしれない」とのこと。

靖子に伝えると、「大したケガではない」と思い込んでいた彼女は、一気にパニックになってしまった。

すぐに手術をすると言われたが、かなり大がかりな手術らしく、生命の危険があるとかで家族の立ち合いを求められた。でも、血を見るのが苦手な靖子は「手術を見たら失神するから無理です」と言って、拒否。とはいえ、家族の立ち合いがないと、手術はできない。

そこで仲の良い友人にお願いして、手術に立ち会ってもらうことになった。

数時間にも及ぶ手術の結果、左足の小指を切断。そして、親指以外の足の指には麻痺が残って、動かなくなった。

約2か月入院し、リハビリの末になんとか歩けるようにはなったものの、斜面で足を踏ん張ったりするのが難しい。足の指一本がないだけでこんなに不自由になるのかと、人間の身体の構造の不思議さに驚いた。

結局、このケガがきっかけとなって、林業の仕事は辞めることになった。次に何の仕事をしようかと考えたとき、「何か人の役に立つこと。そして、身体を使った仕事をしたい」という理由から、介護職に転職することを決めた。

自分のペースで働ける林業を離れるのはつらかったけれど、いまの身体では危険も多いし、同僚に迷惑もかけてしまうから、選択の余地はなかった。健康な身体の大切さを、このときしみじみ思い知った気がする。

母の介護をするために家族そろって島根から東京へ

自分が介護職に転職した直後に、靖子も一緒に転職をした。それまでずっと福祉施設で栄養士をしていた靖子は、以前から介護に興味があったようで、「じゃあ、私もやってみようかな」と一緒に介護士の仕事を始めるようになった。

介護職に転職してからは、夜勤が増えたせいで、日中は家にいる時間が長くなる。最初はまったく畑違いの仕事となり、わからないことばかりで戸惑うことも多く、少なからず落ち込んでいたが、かえって、風花と日中に一緒に過ごせる時間が増えたことで、「介護に転職したのも悪くなかったな」と前向きに思えるようになっていた。

つくづく、自分の人生が風花に助けられていると感じてしまう。

風花ちゃん、こんにちは。

早いものでYouTubeも、今回で60回目です。節目といえば節目の回なので、白ひげがエースに尋ねたように、お父さんもキミに尋ねたい。

おれがオヤジでよかったか？

キミがお母さんのお腹にいる頃、「自分達が出来る範囲内でどう暮らしていくと我が子は幸せに感じるのだろう？」。そんな話を2人でよくしていました。

歳をとっているとはいえ、初めての子育て。わからないことだらけでした。話はそれるけど、お父さんは16歳の時にドラクエが発売されていて、プレイしているリセット世代。でも子育てに関しては、リセットは許されないので、慎重になっていたのでしょう。

妊娠前、お母さんは仕事が忙しく、1年に1回3連休が取れれば御の字で、朝から晩まで働いていました。2人で何回も話し合った結果、出産したらお母さんは仕事をセーブして、キミと過ごす時間を最大限に確保することにしたんだ。

勘違いしてほしくないのは「キミはこんなに大事におもわれていたんだよ」とか「キミを育てる為にお母さんはキャリアを捨てたんだよ」という話では全然なくて、そんな選択もありかもねという話です。

お母さんが仕事をセーブすると「今が1番お金を稼がなきゃいけないのに、なに甘いことやってんの？」と意見されたこともあります。

でもね、お互いを振り返ってみると、親と過ごした時間は案外短かったんだ。意見をくれた人を否定はしないけど、せっかく生まれてきてくれた我が子には人生の何年間かを捧げる価値が充分にあると、キミの親は考えるタイプだったんだ。

お父さんが足を怪我してからは、とにかくどちらかがキミに対応できる働き方を選択してきたので、キミは極端に何処かに預けられたり、留守番を強いられたりするケースがなかった筈です。

小学校に通い出してからも、同級生の殆どが児童クラブに通っていましたが、ウチはどちらかが家にいるようにしていました。児童クラブは素晴らしい施設でしょうが、少なくても小学生のうちは帰宅したキミの顔と声を確認したかったからです。なるべく寂しい想いをさせない。そんなつもりで育ててきました。

ただこうした子育ては、勿論、弊害もあります。

具体的に書くとやがてキミがアメリカの大学に入学を希望しても、経済的にムリでしょう。アメリカの大学はオーバーとしても、私立大学の理数系もムリかもしれない。

教育と医療は均等にと言う人もいるけど、この分野で上質な待遇を受けようと、皆、必死に働いている訳で難しいでしょうね。なので恐らく今のキミは、お父さん、お母さんに育てられてよかったとおもってるだろうけど（願望込み）、7～8年後には「何だよ、もっと金を稼いでおいてくれてればよかったのに」とおもうかもしれません。

が、まぁウチはウチ。こんな親に育てられたことを誇りにも恥にもおもわず、生きていってほしいなぁとボンヤリと願っています。

残念なことにもう少ししたら、お父さんはいなくなります。

ウチが子育てで唯一こだわってきた「キミに寄り添うこと」が半減されます。でもまぁキミも10歳なので、そこまでのダメージではないかな。

そろそろ寄り添う時期も徐々に縮小されていく頃なのかな。

最近のキミの成長ぶりをみていると、そんな気もしています。

お父さんはキミの親でよかった。

キミはお父さんの子供でよかったと感じているのかな。よかったとおもってくれているのなら、思い残すことはないなぁ。

ではでは、今回はこの辺で。バイバーイ。

（２０２２年９月23日　＃60 余命宣告を受けた父が10歳の娘に今あえて尋ねてみたいこと）

家族３人の島根暮らしが変化を迎えたのは、２０１８年の秋口だった。

東京で二人暮らしをしている父親から「最近、お母さんの身体の具合が良くない。できればこちらに戻ってきてくれないか。一緒に暮らしてほしい」と声をかけられたのだ。母の調子がよくないなら、できることをしたい。仕事も林業から介護職に転職したばかりだった。介護職ならば、島根ではなく東京でも働ける場所はたくさんある。

もちろん、迷いはあった。すでに、島根では山奥の中とはいえ、百坪近い家を購入していた。当時は犬や猫も飼っていたので、連れていくのもなかなか大変だ。

何よりも住み慣れた島根を離れ、急な東京への引っ越しや同居をお願いするのは、妻や娘に大きな負担になってしまうので、気が引けた。

しかし、靖子に相談すると「それは大変だから、早く東京へ行ったほうがいいんじゃない？　風花の教育のためにも、東京での生活を一度経験するのは悪くないと思う。以前から、ご両親が島根の家に遊びに来ては数か月間滞在しているけど、楽しく過ごせたし、東京でもうまくやれるんじゃない？」と即答してくれた。

いま考えても、文句や愚痴ひとつ言わずに、自分の母のことを考えてくれた靖子には感謝しかない。その言葉に後押しされて、島根の家を引き払い、膨大な量の荷物を整理して、２０１８年12月に東京へと引っ越した。

あわただしい引っ越しに転職活動。風花の小学校の入学手続きなど大変なことは多々あった。家族も不安がっているのではないかと思ったが、妻の靖子は初めての東京生活だったので、「冬になっても洗濯物が外に干せる！」「人がたくさんいる！」と感動していた。高円寺は下町なので、いわゆる大都会・東京のイメージからは少し離れているが、彼女にとっては目新しいものが多かったらしい。最初は「のんきだなぁ」とは思ったものの、そんな彼女の明るさに救われる部分もあった。

親の介護はもちろんのこと、環境が変わって不安そうにしている風花のためにも、自分ができる限りのことをしなければならない。これから、がんばらなくちゃ。

そんな想いを抱いていた矢先の２０１９年6月。首にある不気味なデキモノから病院に行き、がんの告知を受けたのは、そんな新生活が始まって程ない頃の出来事だった。

第3章

2回目のがん告知。抗がん剤治療への苦悩

がん再発の告知。複雑な想いで、2回目の抗がん剤治療を決意

2020年1月9日。T病院で経過観察の診察を受けたとき、主治医の先生はこう言った。

「加治川さん、残念ですが、再発しています」

正直、「再発」という言葉を聞いたとき、素直に受け止めることはできなかった。

2か月という短期間でがんが再発することなんてあるのだろうか？　おそらく、この前の抗がん剤治療ではがんを消しきれなかったんじゃないか……と、ぼんやり自分の中では

考えていた。

それ以降は、先生の言葉が耳に入ってきても、自分の話をされているのに、どこか他人の話をしているみたいで、まったく現実感がなかった。

「このまま放置すると、どんどんがんが悪化していきます。もう一度抗がん剤治療をやるしかありません。ひとまず検査をして、入院の日取りを決めましょう」

「でも、引っ越しを考えていたので、昨日大磯のアパートを契約してしまったんです。引っ越しはしてもいいでしょうか」

東京の高円寺を離れて、できるだけ海のそばで暮らしたい。そんな新生活に期待する靖子と風花の想いもわかっていたので、引っ越しはできればこの機会にすませてしまいたかった。

しかし、先生からは重々しい顔でこう告げられた。

「この状態で引っ越すのはリスクがあります。なるべく引っ越さないでください」

「……わかりました」

病院を一歩出た後、「もしかしたら、自分は本当にこの世からいなくなってしまうのかもしれない」という現実感が、どっと押し寄せてきた。何よりつらかったのが、靖子にもう一度「がんになった」と伝えなければならないこと。

家に帰り、ありのままを伝えた。

「あのさ、俺、またがんになっちゃったよ」

靖子は目を見開いて、呟いた。

「先生は治ったたって言ってたのにね……。やっぱりそんな簡単なものじゃないのね。でも、治療するしかないんだから、がんばろう！」

「先生から引っ越しもダメだって言われた。申し訳ないけど、昨日契約した大磯のアパートには引っ越せないかもしれない」

「しょうがないよ。事情が事情だし、いまから言えば不動産屋さんもわかってくれるんじゃない？」

ただ、口では平静を保っていた靖子だが、後日改めて聞いてみたところ、がんの再発を聞いたときの落胆は非常に大きかったらしい。

1回目の治療のときは、5年生存率が80％以上だと聞かされていたので、靖子も「あ、治るんだろうな」と軽く考えていたようだった。

キツい治療をし、がんが寛解《かんかい》したはずなのに、2か月後には再発していたという話を聞けば、「なんで先生はちゃんと治してくれなかったんだろう」と悶々ともするだろう。「絶対に全部治っているはずだ」と先生が力説してくれたので、「もうこれで安心なのだ」という認識が夫婦の間では高まっていた。その安心感があったがゆえに、「再発」の2文字は、かなり重いものだった。

しかし、そうはいっても、治っていないものは仕方がない。

そこで早速、不動産屋さんに連絡して、契約をキャンセルしてもらった。何度も謝って事情を話したら、先方もわかってくれて「わかりました。こちらでキャンセル処理をしておきますね。大変でしたね」と、逆にねぎらってくれたのが、ありがたかった。

さまざまな検査を経て、2回目の抗がん剤治療が開始されることになった。

正直、2回目の抗がん剤治療に挑むのは、そこまで積極的ではなかった。一度「治った」と思っても、がんはしつこく追いかけてくる。5年生存率が80％といわれた治療がうまくいかなかった以上、2回目のがん治療でも本当に効果が出るのかが疑問だった。

ただ、妻と娘を置いて死ぬわけにはいかない。少しでも生存率が高まる方法があるならば、それに賭けるしかなかった。

そして、2020年3月からもう一度、抗がん剤治療のために入院することが決まった。

2回目の抗がん剤治療として選ばれたのは「ICE化学療法」と呼ばれるもの。これはイフォスファミド、シスプラチン、エトポシドという3種類の薬物を組み合わせた治療で、入院時は朝から夕方までの投与を連続3日間続ける。以前と同様、1週間ほどの入院の後、3週間ほど自宅療養するというサイクルを6回繰り返すという。

前回の治療よりも強い薬を投与されるので、副作用は以前よりも強くなる。その副作用を覚悟しなければならないと、医師には事前に伝えられた。

さらに、1回目の治療は5年生存率が80％だったが、2回目の抗がん剤治療ではその数値よりも下がり、5年生存率は40％になる。

それを聞いたとき、「これはもう風花には隠しておけない」と強く思った。

生存率40％が高いのか低いのかは、よくわからない。ただ、この治療を受けても5年以内に死んでしまう人のほうが割合的に多いのだとしたら、50代の自分がその半数に入る可能性は十分にある。病気を隠しておいたことで、ある日突然自分が死んで風花に悔いを残させてしまうのは避けたかった。そこで、いよいよ風花に自分の病気を打ち明ける決心をした。

ある日、夕飯が終わった後、風花に直接こう伝えた。

「あのね、風花。お父さん、がんという病気になっちゃったよ」

小学校1年生だから、がんなんて聞いたこともないだろうと思っていたのに、風花はもうがんという病気の存在を知っていたらしく、最初に出た言葉はこれだった。

「ステージはいくつなの？」

小学1年生の7歳の子が、「ステージ」なんて言葉を知っているのか……とかなり驚いた。

後で聞いたら、ドラマなどを通じて、がんという病気があること。ステージによって、その病気の進み具合がわかることなどを知っていたらしい。ドラマの影響力はすごい……。

「ステージは4だよ」

「じゃあ、結構大変なんだね」

「お父さん、ちょっとヤバいかもしれないね」

「うーん。でも、お父さんは毎日たくさんごはんも食べるし、元気に動き回っているし、身体も大きくて十分強そうだから、なんとかなるんじゃない？」

自分を見つめながらそう言う風花を見ていると、抗がん剤治療に対して弱気だった心が少しほぐれていくのがわかった。

彼女を置いて、死ぬわけにはいかない。そんな想いに背中を押されて、迷っていた2回目の抗がん剤治療に踏み切る決意をした。

親として子どもを守らなければいけない。そんな気持ちに、自分自身が助けられているんだなと実感した。つくづく、娘の存在がありがたかった。

自分ががんだと知った直後は、「なんで自分がこんな目に遭わなきゃいけないんだ」「なんでこのタイミングにがんが発覚したんだろう。最悪だ」という想いをずっとモヤモヤと胸の中で抱え続けていた。

でも、その想いが消えたのが、後日、2回目の抗がん剤治療の入院中にJ病院で検査を受けたときだった。

エックス線撮影の控室で待っていたら、娘と同じ7〜8歳くらいの子どもたちが何人も並んでいるのが見えた。

よく見ると、みんな髪の毛がない。「小児がんの子どもたちだ」と瞬間的に気がついた。また、診察に付き添っている親御さんたちの心配そうな表情を見たとき、さっきまで「こんな病気にかかって最悪だ」と思っていた自分が急に恥ずかしくなった。

自分よりもはるかに年若い子どもたちが、自分と同じような病気を患っている。彼らを一方的にかわいそうだと思うべきではないとわかっていたが、こんなに小さな子たちが大人の自分でも悶絶するような抗がん剤治療に耐えているのかと思うと、胸が痛んだ。

一緒に診察を待つ親御さんたちの気持ちも、計り知れなかった。もし、仮に自分の娘が小児がんになっていたとしたら、「自分が代われるものなら代わってあげたい」と心底苦しむだろう。

その状態に比べたら、いまは自分のことだけを心配すればいいのだ。仮に最悪の事態になっても、死ぬのは自分だけ。本来は病気の状況など比較するべきことではないけれど、そう考えたら、すごく吹っ切れた気がした。

この体験をして以来、自分の状況は最悪だなどとは、二度と思わなくなった。

「自分ががんになってよかった」とも、もちろん決して思わない。

だけど、自分が病気にならなければ、小児がんの存在を知ってはいたものの、実際に目にすることはなかったはずだ。また、すごく僭越《せんえつ》ではあるかもしれないが、自分も同じような状況で抗がん剤の治療を受けているからこそ、その苦しみの一部はわかるような気がしている。

自分も一人の子どもの親として、小児がんで苦しむ子たちをどうにかして笑顔にしたい。そう思うようになった。

後に自分がＹｏｕＴｕｂｅの配信を始めるきっかけのひとつには、この経験がある。

現在、動画の公開によって収益を得た場合は、その収益の一部を小児がんの子どもたちに寄付している。

大したことはできずとも、自分の命ある限り、子どもたちが少しでも笑顔になってくれる取り組みができたらいいなと思っている。

コロナ禍の厳戒態勢のなか行われた2回目の抗がん剤治療

２回目の抗がん剤治療が始まった２０２０年3月。まさに新型コロナウイルス（Ｃｏｖｉｄ‐19）が広まりだした頃だった。感染防止に伴って、検査や入院の手続きも、どんどん複雑になっていった。

特に困ったのが、受け入れ先の病院がなくなってしまったことだ。

今回の抗がん剤治療では、ただ抗がん剤を身体に投与するだけではなく、「自家造血幹細胞移植」、通称「自家移植」も行う必要があった。

これは、自分の血液を事前に採取して、造血幹細胞と呼ばれる骨髄の中で血球をつくり出すもととなる成分を保存しておき、抗がん剤を投与した後に再び身体に戻すという治療法だ。

強い副作用のある抗がん剤治療を行うと、当然ながら身体の機能は衰える。事前に保存しておいた自分の造血幹細胞を移植することで、腫瘍細胞を減少させ、免疫細胞を抑制することで抗がん剤の効果を高めたり、血をつくる機能を正常に動かしたりする効果があるのだという。

でも、この「自家移植」ができる設備は、これまで通っていたT病院にはないので、大学病院に行くしかない。そこで、T病院の主治医の先生が紹介してくれたI病院に入院する予定だった。

しかし、3月初旬。いよいよI病院に入院するとなった1週間ほど前に、「新型コロナウイルスの感染対策のため、新規の患者受け入れは取りやめになりました」という連絡が届いた。

何もなくても2回目の治療で不安を抱えているところ、入院先の病院が決まらない。この事態に動転して、「どうなっちゃうんだ。治療ができなくなるのだろうか……」と心が暗くなった。

ただ、きっと自分と同じようにコロナの発生で入院に影響を受けている患者さんはほかにもたくさんいるはずだ。そこで「自分だけではない。みんなが同じような目に遭っているのだから、自分だけが騒ぎ立ててはいけない」とぐっと不安を抑え込んだ。

受け入れ先が直前になっても決まらないので、ひとまずT病院に入院する運びとなり、2回目の抗がん剤治療の１クール目が始まった。


数か月前に行った最初の抗がん剤治療のときに、看護師さんから「関取みたいに強そうな人も、抗がん剤治療を受けたら副反応がひどくて参っていたのに、加治川さんは大丈夫そうですね。体質的に強いんでしょうね」と言われたことがあったので、「2回目の抗がん剤治療もきっと大丈夫だろう、乗り切れる」というわずかな期待があった。

でも、2回目の抗がん剤治療は、そんなかすかな期待が一瞬で吹き飛んでしまうほどにキツかった。

そもそも抗がん剤治療というものは、回数を重ねるごとに薬が強くなっていくのが普通らしい。たとえば、１回目の抗がん剤治療の際はレベル10の強さで薬を打ってみて、その時点で殺せるがん細胞を殺していく。

それでもすべてのがん細胞が死ななかった場合は、2回目の抗がん剤を打つことになるが、その場合は、レベル10の強さで死ななかったがんを殺すために、より強いレベル30の抗がん剤を打つことになる。それでもがんが死ななかったら、3回目はレベル100の薬を打たなければならない。

打つたびに薬が強くなれば、当然身体に与える影響も深刻だ。

事前に「めまいや吐き気が出るかもしれません」との説明は受けていたものの、抗がん剤を打っている期間中は、1回目とは比べ物にならないほどの強いめまいと吐き気に襲われていた。

たとえるならば、始終激しい船酔いと闘っているようなもの。朝昼晩と抗がん剤を打つ前に酔い止めみたいな薬をもらって飲んではいたのだが、結局は薬も一緒に吐き戻してしまい、あまり効果がなかった。

朝から点滴を投与されて、夕方までずっとベッドで横になって薬の投与が終わるまで寝っ転がる。吐き気のせいでほとんど食事は食べられなかったため、体重は1回の入院ごとに8キロほど落ちていった。

ただ、体重の減少を放置していたら、確実に体力も落ちる。

抗がん剤を打って退院した後、自宅待機中の3週間は次の抗がん剤のクールが始まるまでに体重をなんとか戻そうと、食べられるものを食べて、できるだけ体重を増やすことを意識した。

一時帰宅の際は、普段はツヤツヤとしていた顔があまりにも青白くて、靖子を驚かせたらしい。とはいえ、「実は8キロ痩せたんだ」と言ったとき、「え、もともと身体が大きいから、全然気づかなかった……！」と言われたのは、ちょっとショックだった。

自宅療養中も気持ち悪さや体調不良は続いていたものの、自分の好きなタイミングに好きなものだけを食べられるので、病院食よりはずっと箸が進んだ。

その半面、病院にいるときは、「食べなくちゃいけない」という強迫観念に駆られていたせいか、お腹がすいても食べ物を見ると気持ちが悪くて、全然食べられないという悪循環に陥っていた。

副作用のせいで、入院中、夜中に気持ちの悪さから目が覚めて、吐き気がこみ上げてくることもしょっちゅうだった。病院では嘔吐用のガーグルベースが用意されていたが、すぐそこにあるガーグルベースにたどり着く前に、布団に吐いてしまう。

布団を汚せば、掃除のために看護師さんを呼ばなければならない。申し訳なさと情けなさで、「なんでこんなこともできなくなってしまったんだろう？」と精神的にもどんどん削られていた気がする。

また、入院した部屋は本来6人部屋だったが、感染対策のせいか自分を含めて4人しか患者はいなかった。ただ、同じ部屋にいるのはがんの治療中の人ばかりだったので、夜中になるとみんなが「ウエッ」と吐き戻す声が聞こえる……。その声を聞くたびに、自分も思わず吐き気を催すことも少なくなかった。

入院の終盤のほうは、病院の消毒薬のにおいと記憶が結びつきすぎたのか、消毒薬のにおいを嗅ぐだけで吐きそうになるほどだった。そのくらい病院が苦手になった。いまでも病院であの消毒薬のにおいを嗅ぐと、思わず気持ち悪くなってしまう。

一時帰宅をして療養している最初の頃、靖子は体調が悪そうな自分を気遣って、「何かしてほしいことはない？」と何度も聞いてくれた。

でも、抗がん剤の副作用のせいで調子が悪すぎて対応ができず、せいぜい風花の相手をするのが限界。機嫌が悪くて、ひと言「ほっといてくれ」と言うことしかできなかった。

普通、そんなことを言われたら、いくら配偶者でも腹が立つだろうが、靖子の場合は言葉通り、自分のことは放っておいてくれるようになった。

後で聞いたところ、彼女自身もその頃は目の前の日常をこなしていくのに精いっぱいで、まったく余裕がなかったという。

病気も心配だが、子育てや仕事など、目の前にはやらなければいけないことが山ほどある。子どもの学校が休校になったり、登校したり、１週間に一度は親が学校に行って子どもの状態を説明したり……と、イレギュラーな出来事もたくさんあった。彼女のほうが、治療していた自分よりも、むしろはるかに大変だったと思う。

家族ががんになったとしても、日常は繰り返し続いていく。食べるものは食べなければいけないし、働いてお金も稼がなければならない。そんな日常生活を守ることで、必死だったはずだ。

そんな大変なタイミングだったにもかかわらず、機嫌の悪い自分を怒らずにそばにいてくれて、本当にありがたかった。

そのほか、２回目のＩＣＥ化学療法の副作用として印象に残っているのが歯の痛みだ。

治療の前には、お医者さんから「今回の治療は、歯の神経にきます。だから、虫歯を治しておいてください」と言われていた。

歯が痛くなるってどういう意味なんだろう、特にひどい虫歯もないはずなのにな……と思っていたら、まさに抗がん剤治療が始まった途端、歯に激痛が走った。

どうしようもなく痛くて、病院の中にある歯科に行って、痛みを感じる歯を抜いてもらった。麻酔を打ってもらったが、そのときはまったく効かず、治療中も痛みが続く。歯が強い痛みとともにメリメリと抜かれていくとき、思わず失神しそうになってしまった。

奥歯を1本抜いてもらったものの、その後も数か月間にわたって痛みは続いた。これは後日談だが、治療が終わってから数か月経った時点でもまだ痛みが続くので、奥歯をもう1本抜いてもらった。このときはさすがに麻酔が効いたので、まだマシだったけれども、やっぱり痛みはあった。

自分は足の指も切っているし、打撲によるケガはしょっちゅうだったので、物理的な痛みには強いほうだと思っていた。そんな自分でも、この歯の痛みはとんでもなくつらかった。

風花ちゃん、こんにちは。

今日はゴールデンウィーク初日ですが、外は雨、お母さんは仕事ということで、ひまわりチャンネルに夢中のキミの横で編集しているところです。

ウチがお盆とゴールデンウィークにほとんど外出しないのは、単純にどこへ行っても混雑しているからです。それでも昔は外食でもと夜に出かけたものですが、普段行ってるお店はのきなみ行列していて、ほか弁買って帰宅したこともありました。

お父さんはやっぱり江戸っ子気質が残っているのか、行列が苦手ですね。


さてさて今回は悪性リンパ腫に罹ってきつかったことベスト3を書きます。

お父さんが落ち込んでた裏では、こんなことがありました。


3位は自家移植に必要な採血。腕の血管が細くて、脚の付け根の血管で採血したのですが、不運にも研修医に当たり、技術が無いのでブスブス針を刺されまくりました。神経に直接くる痛みで刺される度に辛かったです。最終的には上手くいかず、立ち会っていた指導係の医師が刺したら一発で大丈夫でした。研修医の修行の意味は理解するけど、日帰りの患者さんで試してくれたらいいのになと思いました。

2位は2回目の抗がん剤治療を受けた大学病院の空気感です。コロナが流行っていたこともあり、看護師さんが常にピリついていました。入院終盤にニュースで知りましたが、その大学病院はボーナス未払いで、看護師さんの大量離職が表面化していて、不機嫌な理由はわかったけどプロなんだから態度に出すなよと思いました。

1位の前に次点の4位は悪性リンパ腫かどうか、鼻にファイバースコープを押し込まれてグリグリされたこと。お父さんは胃カメラも口から派で、鼻の奥に異物が入るのがとても苦手で、この検査が5回続くなら治療をやめようと思いました。

栄えある1位は2回目の抗がん剤治療での長期の吐き気です。1回目の抗がん剤治療では想像していた程辛くなかったので、2回目の時は少し舐めていたのかもしれませんね。

きつかったです。寝てると突然吐き気に襲われて、なんかずっと船酔いしているみたいでした。この時が原因で、一時お茶もコーヒーも飲めなくなり不安になったものです。お茶は3ヶ月、コーヒーは5ヶ月時間が必要でしたね。

病気になると普段は当たり前に過ごしている日常生活が、いかに素晴らしいものかがわかります。特に今はコロナ対策で見舞いが禁止され、患者同士のお喋りも注意されるので厳しい状況におかれます。

長く付き合う身体ですので、やみくもに過信せずに、こまめにケアしてあげてください。

まぁまだピンと来ない話だとは思いますが、それにしてもオセロ、上達したね。角3つハンデだともう勝てないです。なので、次回からは角2個ハンデでお願いします。

ということで、今回はこの辺で。バイバーイ。

（2022年4月29日　#23余命宣告をうけた父が9歳の娘に伝えたい闘病中に辛かった事）

家族に会えず、買い物にも行けない。孤独感が募った入院生活

ボロボロになった1クール目の自宅療養が終わり、2クール目の入院が始まった2020年4月9日。3月末にザ・ドリフターズの志村けんさんが新型コロナウイルスに感染して亡くなったという訃報が伝わり、日本中の緊張感がぐっと高まっていた頃だった。

当時はまだ新型コロナウイルスがどんなものなのかわかっていなかったこともあり、入院のたびに免疫力の低下から「がんでなくて新型コロナ感染症にかかって、死ぬかもしれない」というストレスも常につきまとっていた。

わかっていたことではあるのだけれど、コロナ対策が始まってからは、入院するときの手続きは、以前よりも何倍も手間がかかった。

まず、基本的には新型コロナウイルスに感染していない患者でないと、病院には受け入れてもらえない。だから、自分が感染していないことを証明するため、入院の１日前には鼻の中に綿棒を入れて菌の有無を確認する検査が必須で行われていた。陰性ならば次の日から入院できて、陽性だったら入院はできない。

幸いなことに、自分の場合は毎回陰性で無事に入院できたのだが、入院前日に電車を乗り継ぎ一度病院に行かなければならない手間に加えて、「陽性だったらどうしよう」という不安のせいで、心身ともに負荷は大きかった気がする。

なんとかT病院で2クールの抗がん剤治療が終わったものの、当初予定していたI病院では「やはり感染対策のために患者として受け入れられない」との連絡があった。たいていのことは自分で処理ができると思っていたが、こうした事情では、自分がいかに努力してもどうにもならない。

「今回の治療はここで終わってしまうのかなぁ」と思っていた矢先、T病院の先生がご自身のツテをたどってくれて、なんとかJ病院で3クール目以降の治療を受けられることが決まった。

このときにはしみじみとT病院の主治医の先生に感謝した。

おかげで、5月15日には無事にJ病院に入院できたが、新型コロナの感染対策は一層進んでいたため、入院中は副作用に加えて孤独との闘いだった。

コロナ禍の真っ最中だったので、1回目の入院時と比べて、このときの入院生活は病院全体にピリピリとした緊張感が常に漂っていて、毎日神経質になっていたように思う。また、日本中でコロナウイルス患者に対して強い拒否反応があったせいか、感染の恐怖とも闘っていた。後日、島根の知人からは、「島根で最初にコロナに感染した人は、地元にいられなくて引っ越しした」との噂も聞いた。もし、病院で自分がコロナに感染してしまったら……という心理的な恐怖感があった。

その頃の病院内は、歩いてもいい場所や通路、道順なども細かく指定されていたので、いつもの入院以上に気づまりだった。

病院の中庭には常に大きなテントが張られていて、宇宙服のような防護服を着た大勢の人が集まっていた。まるでＳＦ映画を観ているようで、「自分が生きているうちにこんな体験をすることがあるのか」と非現実的な気持ちにもなった。

何よりつらかったのが、親族であろうと完全に面会謝絶だったこと。

２０１９年8月の時点では、家族はもちろん友人知人がお見舞いにきてくれることも多かっただけに、落胆は大きかった。唯一の心のよりどころだった家族との面会もままならず、スマホを通じて声を聞くことしかできなかった。時間をつぶすためにインターネットでも見ようと思ってＷｉ‐Ｆｉルーターを持っていったけれど、抗がん剤の副作用で気持ちが悪くて、ネットの画面を見ることもできない。

家族と会えないと、洗濯などのちょっとした用事や買い物も自分でこなさなければならない。抗がん剤が以前よりも強かったので、その副作用で身体は重く、些細な雑務も気合を入れないとなかなかできずに、難儀した。

さらに気持ちがめいったのは、面会どころか、病院内の誰ともまともに話ができないこと。病院の看護師さんや医師とは必要最低限の会話しかできないし、病院内で患者同士が会話をしようものなら、注意された。感染の脅威にさらされる一方で、孤独感はどんどん募っていった。

病院内の移動も厳禁で、自分の病室があるフロア以外は移動できないと言われていた。1階にあるコンビニですら行くことを禁じられているので、何か欲しいものがあるときは、看護師さんなどに頼むしかない。

しかし、看護師さんたちも感染症対策で余計な手間が増えたせいで、いつもよりもイライラしているのが伝わっていた。その頃は看護師さんをはじめとする医療従事者の人手不足が話題になっていたので、仕方ないのだろう。

そんな大変な状況でも自分という患者を受け入れてくれたことには感謝しつつも、抗がん剤による不快感と感染症への不安で、1回目の抗がん剤治療のときに比べると格段に自分が打ちのめされている気がした。

本当はいけないことだけれども、何度かどうしてもコンビニに行きたくて、検査で別のフロアに行った際に、こっそりコンビニに行って買い物をしたことがある。何が欲しいというわけではなかったが、少しでも自由に買い物をすることで、普通の生活を味わいたかったのかもしれない。

そして迎えた、2020年5月21日。風花の8歳の誕生日は、入院中だったことから一緒に祝うことができなかった。風花が生まれてから、毎年誕生日は必ず一緒に祝ってきたので、初めて父親不在の誕生日になった。

2回目の抗がん剤治療でも消えないがん。そして、島根に帰るという決断

２０２０年７月24日。

２回目のＩＣＥ化学療法による抗がん剤治療は、すべてのクールを終えた。

死ぬような思いをした抗がん剤治療の２回目。これだけキツい苦行に耐えたのだから、数値も良くなっていてほしい。そう思いながら退院から５日後、いつものように身体の状態を調べるためにＰＥＴ検査を行った。

すると、先生からあっさりと告げられたのは「脾臓に変色が見られますね」というひと言。つまり、脾臓にがんが転移しているということ。あんなにつらい想いをしたのに、２回目の抗がん剤治療でもがんを治すことはできなかったのだ。

そのとき、頭の中であたためていたプランを実行に移すときだと考えた。

「このまま自分が死んでしまったら、靖子はシングルマザーになってしまう。彼女が東京で一人で子育てするのは大変だから、靖子の実家がある島根に戻ったほうが彼女たちのためになるのではないか」

実は抗がん剤を打っている5月頃から「島根に戻りたい」との想いは抱いていた。がん治療を継続するならば、たしかに東京にいたほうが医療体制は充実しているかもしれない。でも、治療を行わないのであれば、東京から離れて、もっと環境の良いところに引っ越して、気持ちよく最期を迎えたい。

10代で東京にいるときも、「早くここから出て、自然に囲まれたところで暮らしたい」とずっと思っていた。もちろん、生まれ育った高円寺には好きな場所はたくさんある。お気に入りのラーメン屋。なじみの喫茶店。そんなものに囲まれて育ってはいたのだが、やはりいつも「ここじゃないどこか」を探していたような気がする。

外国に行って、いろんなものを見てきたし、日本国内でもいろんな場所に行ったけれど、やっぱり島根がいい。

ほかの人から見たら、たぶん島根は何もない場所だと思う。

島根でしか食べられないという珍しい食べ物もそんなにないし、名所や遊ぶところも至って少ない。星や水や景色はきれいだけど、それは日本の地方なら同じような環境を持つ場所もあると思う。

それでも、ちょうどいい具合に山も海もあって、最低限の買い物もできて、静かで暮らしやすい場所。この年齢になって、しみじみ「いいところだな」と感じる。

だったら、自分に残された時間を、愛すべき島根の土地で過ごしたい。そう思った。

もうひとつ島根への引っ越しを考えた理由には、新型コロナウイルスの影響も大きかった。当時は日本中が本格的な流行を迎え、風花の学校も休校が続いていた。行き交う人々はマスクをして、言葉も交わさない。咳ひとつしようものなら、犯罪者のような目で見つめられる。街の中もどこかギスギスとした不穏な空気が漂っていた。

特に東京は毎日４００人近いコロナの感染者が出ていたので、このまま東京にいても、外にも出られず鬱屈《うっくつ》した日々になることは目に見えていた。

特に心配したのが、娘への影響だ。コロナ禍で休校してからは、彼女はずっと家にいた。子どもを外に出すと、クレームがくるので、家に閉じこもっているしかない（大人は子どもをミカンか何かと勘違いしているのではないかと思えた）。外に出られなくなったせいで、彼女の顔つきはどんどん暗くなっていった。

仕方がないので、夜明け前の朝4時、5時くらいに、家族3人で高円寺近辺を散歩するようになっていた。また、両隣の人が自宅にいなさそうなタイミングを狙って、3人で歌を歌ったり。よく歌っていたのは旅バラエティ番組『ゴリパラ見聞録』のテーマソングだ。

テレビをつけても、他県の知事たちが「感染が広まったのは東京のせいだ」とガミガミと言い合っている光景ばかり。自分のように東京で生まれ育った人間からすると、東京を悪者にされるのはつらかった。

ふとしたタイミングに、風花に「島根と東京、どっちが好き？」と聞いてみた。

すると彼女はこう言った。

「私は島根が好き。だって、私が生まれた場所だから。島根に帰りたい」

そのひと言で、心は決まった。仕事にも慣れ、東京の暮らしになじんでいた妻からは最初は反対されたけれども、自分と風花が二人そろって「島根に帰りたい」と口にしたことで、最終的には「今後のことを考えると、自分の実家の近くに戻ったほうが何かと楽かもしれない」と折れてくれた。

風花の１学期が終わったら帰ろう。

そこで、島根に引っ越したいことを主治医の先生に伝えると、「治療中はできるだけ遠くには行かないでほしい」と言われた。何度も止められたし、「がんの治療は日進月歩で進んでいるから、諦めないでほしい」などと声をかけてもらった。

主治医の先生には、治療はもちろん、コロナ禍にもかかわらず受け入れてくれて、感謝はしていた。

それでも、自分の心は決まっていた。

「今後は島根に引っ越すので、仮に治療を続けるとしても島根でやりたいと思います。島根の病院に転院したいので、紹介状を書いてもらえませんか」と頼むと、最終的には先生も意思を尊重してくれて、紹介状を書いてくれた。

そして、２０２０年８月２日には、家族そろって島根に帰ることとなった。

生存率は10%以下。断念した3回目の抗がん剤治療

島根に戻ってからは、J病院の先生に紹介された地元の大きな病院へと通うようになった。

2回目の抗がん剤治療を受けた後、寛解はしないものの、症状は落ち着いていたので、このままなんとかならないだろうか……と毎日ぼんやりと思っていた。

ある日定期検診に行くと、数値が安定しているとのこと。そこで、医師から再び自家移植を勧められた。

ここで自家移植を行うメリットとしては、運が良ければ寛解が望めること。デメリットはさまざまな治療も一緒にやるので、かなり身体に負担を強いること、入院が長期になる

こと。

できれば、もう治療は避けたかったが、「仮に成功すればいろんな嫌なことから解放される」と思い、自家移植を受けることにした。自家移植に必要な検体は、以前に採取していたので話は段取りよく進んでいたと思う。

自宅に帰り、靖子に報告すると、「よかったね！」とまだうまくいったわけでもないのにとてもうれしそうだった。

数日後、「ＰＥＴ‐ＣＴ」というがんに特化したＣＴ検査を受け、また数日後に入院して、その初日に最終の打ち合わせを行った。

すると、予期せぬ事態が発覚。なんとＰＥＴの結果、がんが全身に広がっていて自家移植はできないことが判明したのだ。そして、代案として勧められたのは「ＣＨＡＳＥ療法」という抗がん剤治療と自家移植を併用する治療法だった。

ＣＨＡＳＥ療法を行うメリットは、寛解する可能性が残されていること。ただ、そのデメリットは、非常に重いものだった。

繰り返しになるが、抗がん剤治療は、回数を重ねるほどに強い薬を使う必要がある。１

回目で消えなかったがん細胞を殺すため、2回目は1回目よりも強い薬を。3回目は2回目よりも強い薬を使う。すると、これまで以上に副作用で身体には負担がかかる。自分の場合も、2回目の抗がん剤治療ですでに身体はだいぶボロボロになっていたのだから、3回目を行えばこれまで以上に身体に負担がかかるのは目に見えていた。

何より驚いたのが、このCHASE療法による抗がん剤治療を行った場合の5年生存率の低さだ。

1回目の抗がん剤治療は5年生存率が80％。2回目の抗がん剤治療は40％と言われていた。ならば3回目は何％なのかと聞いたら、10％以下だという。もっと言えば、あまりに成功確率が低くて、正確な数字は出せないとのこと。

以前よりもつらい痛みを経験して、身体がボロボロになってしまうのに、その治療に耐えても10人に9人は5年間も生きられないのか……ある程度予測していたとはいえ、改めて聞くと厳しい話だ。

更に、仮に運良く自分が10％以下の人間になれて、がんが治ったとしても、3回も抗がん剤を打ったことで身体への負担も深刻になるため、心臓病など別の病気のリスクも出てくると説明された。

その時点で、「この治療では治らないんじゃないだろうか。それどころか、身体を痛めつけるだけになる可能性が高いんじゃないか」という予感がよぎった。

さらに、先生からは「次に抗がん剤治療をする場合は、徹底的に免疫力を落とす必要があるので、1～2か月の間は無菌室の一人部屋で入院してもらうことになる。もちろん面会も謝絶です」とも言われた。

説明を聞きながら「そんなところにいたら、まるで自分が病院ではなく刑務所にいるような気持ちになってくるだろうなあ」という感想を抱いた。

決定的だったのが、「この治療法がうまくいかなければ、治療継続はしない」という同意書にサインが求められたことだった。同意書には、治療中はすべて医師の指示に従うということも書かれていた。そして、医師が治療に意味がないと判断したら即座に治療はやめて、緩和ケアに切り替えるのだという。

何もかもを病院にゆだねてつらい思いをしても、容体が悪ければ途中であっさり治療を打ち切られてしまうこともある。それは、あまりにも勝算の低い提案に思えた。

これまで悪性リンパ腫になって2年以上もの間、嫌でも自分の最期の日をイメージして生きてきた。

自分にとってのベストの最期の日はおいしいものをたくさん食べて、風花と靖子と楽しくしゃべって、3人で寝て、朝二人が起きたら横で死んでいたというもの（家族には迷惑極まりない話だろうが）。

一番避けたいワーストの最期の日は、病院の白い狭い部屋でよくわからない管をたくさんつけられて、ずっと誰とも会話できず「寂しいなぁ。俺の人生、なんだったんだろう」と泣きながら逝くというもの。

提案された治療法は、免疫力を落とされるので、がん以外の病気にかかって死ぬ可能性もあった。何より新型コロナ感染症が流行っていたので、免疫力が徹底的に落ちている状況でウイルスに感染したら、場合によってはすぐに死んでしまうだろう。

その場合、自分が考えるワーストの最期の日に限りなく近づく気がして、どうしてもサインできなかった。

自分を治すために治療をしようとしてくれているお医者さんたちには申し訳ない気持ちもあったが、自分にとって納得のいく治療じゃないならば、受けたくなかった。

死を目前にした患者の行動には、全部で４通りあるという。
1．最初から最後まで医者の言うことを聞く人。
2．最初から最後まで医者の言うことを聞かない人。
3．最初は医者の言うことを聞かないけれど、後から医者の言うことを聞く人。
4．最初は医者の言うことを聞くけれど、後から医者の言うことを聞かなくなる人。
自分は４番目のタイプだったと思う。

１回目の治療も、２回目の治療も、医師の言うことを全部聞いていた。それでも治りきらないとなると必然的に医師への信頼感は薄れる。２回やって治りきらず、今回は更に身体に大きな負担がかかる。そろそろ自分の本能に従ったほうが、いいんじゃないだろうか。

もうすでに身体の中がボロボロの状態で、これ以上の抗がん剤は耐えられそうにない。だったら、多少寿命が短くなったとしても、いままでに近い生活を家族と一緒に過ごしたい。

もしかしたら、治療を続けたら次こそ治るのかもしれない。そんな期待もないわけではなかったが、それ以上に「助からない気がする」という確信のほうが強かった。

一晩ゆっくり考えた後、やっぱりこの治療はやめようと決断した。靖子と風花からは

「3回目の抗がん剤治療も受けてほしい。それであなたの寿命が少しでも延びるなら」と何度も言われてお願いされた。

それでも、やっぱりこの治療はどうしても受け入れられない。二人には、ガンコな夫、父で申し訳ないのだが、こればかりは譲れなかった。

翌朝、病院で「やっぱり治療はやめます」と言うと、医師からはこう言われた。

「治療しない場合は、余命は半年くらいです」

それは、あまりにもあっさりとした余命宣告だった。まるで初めて入ったラーメン屋で「おすすめは醤油ですか、塩ですか?」と尋ねたら「塩ですね」と返されるような口ぶりだったと思う。ただ、考えてみれば自分にとっては恐らく人生最初で最後の余命宣告だけれども、医師にとっては何百、何千回と告げるうちの1回であって、いちいち感情移入していたら身が持たないのだろう。

その後は、事務的に延命治療か緩和ケアかの選択を迫られた。緩和ケアを選択すると奥の扉が開き、医師と自分の話を聞いていた緩和ケア専門の女性スタッフが現れ、彼女と別室で話し合いをすることになった。

専門スタッフの女性の話をあまりにも淡々と聞いている様子が不思議だったのか、「突然の告知なのに、なんでそんなに落ち着いていられるんですか?」と聞かれた。

「取り乱して寿命が延びるならいくらでも取り乱します」と答えると、すごくビックリした顔をされたのが記憶に残っている。

たしかに、病気になってから、いろんな人から「なんでそんなに冷静なの?」「なんでそんなに自分の死を受け入れられるの?」と散々聞かれてきた。

もし、ジタバタしたり、神様に１万回お願いして寛解するのなら、いくらでもするだろう。また、冷静でいないほうがなんかいいことがあるのなら、その理由も聞いてみたい。

ジタバタしても悪あがきしても意味がないとわかっているから、自分はしないだけ。

部屋から出るとき、緩和ケアのスタッフさんは「まだ若いんですし、いろいろ考えて相談して変更があればご連絡ください」と声をかけてくれた。ありがたいひと言ではあったが、たぶん自分の判断が変わることはないだろうなとぼんやりと思った。

出雲市駅近くの蕎麦《そば》屋前で、車の中で夫婦二人が話したこと

本来は10日の予定で組んでいた入院を切り上げて、たった1日で退院することに決めるというかなり突発的な行動だったので、病院の人を相当びっくりさせただろうし、迷惑もかけたと思う。

それでも、もうこれ以上の時間を病院で過ごしたくない。いますぐ外に出たいと、病院を飛び出した。

その日は、からりと空が晴れて、空気も冷たくて、10月らしい秋日和だった。

空を見上げて、風に当たっていたら、外の世界は自分とまったく関係なく動いていることが不思議だった。自分ががんであることなんて忘れて、もうどこかへ行ってしまいたい。

旅がしたい。

そんなときに、ふと「東京に行こう」という考えが頭に浮かんだ。もうすぐ自分は死んでしまうのだから、親をはじめ、身近な人たちに挨拶に行ったほうがいいのではないか。出雲市駅から電車に乗れば、今日中には東京に着くはずだ。靖子は仕事をしているけれど、近所には義母もいるので、自分がいなくても娘の面倒は見てもらえるはずだ。

そんなことを思って、ぶらぶらと出雲市駅に向かって歩いていった。

なぜか、靖子に現状について伝えようという考えは思い浮かばなかった。たぶん相当気が動転していたとしか思えない。

いま思えば、心配してくれている家族に何も告げずに病院を出て、電車に乗ろうとするなんて、かなり心が不安定だったのだろう。

「出雲市駅の近くにある蕎麦屋に行って、蕎麦を食べて腹ごしらえをしてから東京に行こう」と考えて蕎麦屋に向かった。その間、ふとスマホを見たら、妻から数十件を超える着信が入っている。また、彼女の同僚からもたくさんＬＩＮＥのメッセージが届いていた。

驚いて、靖子に電話をかけ直してみると、受話器の先で「あんた、病院から脱走したんだって？」と、すごい剣幕で怒っている。

「脱走って……」。正規の手続きを経て、会計をすませて退院したのに。脱走とは。

なんでも日勤で働いていたところ、病院から「旦那さんが病院から出ていってしまった」という電話を受けたらしく、彼女は相当驚いたらしい。後で聞いた話だと、その電話を切ってから職場で号泣し早退したそうだ。

ただ、こちらは靖子のほうに連絡が伝わっているとはまったく思っていなかったので、彼女に怒られている意味がわからなかった。

「いまどこにいるの？」

そう聞かれて、思わず「出雲市駅だよ。これから駅近くの蕎麦屋に行こうと思っている」と正直に答えたら、「いまから行くから待っていて！」と言われて、電話が切れた。

それから数分もしないうちに蕎麦屋に着くと、靖子はもう店の前で待っていた。

駐車場に止めている靖子の車の中に二人で入ると、開口一番、「どうして家族に事前の説明もなく、治療をやめてしまうのよ。たった一晩で入院をやめてしまうなんて、どういうつもりなの！」と怒られた。

いやいや、治らないがんを抱えているんだから、もうちょっと優しくしてくれよ……と思いながらも、病院でどんなことがあったのかを順を追って報告した。

状態が悪いため、自家移植をやめて、抗がん剤治療に切り替えるということ。

その場合、使用する抗がん剤の副作用が非常に強いので、身体にリスクを抱えることになること。

治療自体は大変なものになるのだが、「実際に行った症例が少ないから結果はわからない」と言われたこと。

その抗がん剤治療の成功率は１割以下。せめて５割とは言わずとも、３割は成功率が欲しいと思っていたこと。

それらをできる限り丁寧に説明した。

また、余命が半年であると言われたことも正直に伝えた。余命宣告もがん告知も自分が受けるより靖子に伝えることのほうが精神的にはきつかった。


一連の説明を聞いた靖子は、愕然《がくぜん》としていた。

彼女としては、入院すれば自家移植を通じて病気を寛解できるのだろうというイメージを持っていたのに、突然真逆の状況となり、余命宣告までされるというジェットコースターのような展開に、ショックのあまり呆然《ぼうぜん》として言葉が出ない様子だった。

そのとき、言葉を失って心ここにあらず状態の彼女を見て、気がついた。

「あぁ、そうか。病気であとは死ぬだけだと思っていたけれども、自分には支えてくれた家族がいるんじゃないか」と。

勝手に東京に行こうなんて思っていた数十分前の自分を反省した。

目の前にいる彼女のためにも、娘のためにも、しっかりしなくちゃ。そんなふうに強く背中を叩かれたような気がした。

そして、二人での話し合いが終わった後は、結局蕎麦屋には入らずに、自宅へと帰ることになった。

なお、その後、いくら靖子を誘っても、「あの日のことを思い出すから嫌だ」と言われて、待ち合わせをした蕎麦屋に付き合ってくれなくなった。

自業自得かもしれないが。

「この場所では死にたくない」病院で見た、無機質な無菌室

じっくり説明はしたものの、やはり最後まで靖子は治療を受けてほしかったようで、その後も一度病院に連れていかれた。

ただ、彼女に連れられて病院に診察に行った際、仮に入院した場合に入る無菌室を見せてもらう機会があった。部屋を見たそのときから、靖子も考えを変えたようだった。

ガラス越しに見た無菌室は、何もない8畳ほどの広い部屋に、ベッドが1台置いてあるような無味乾燥な部屋だった。広さこそはあるとはいえ、中央にぽつんとベッドがあるだけで、白くて何もない。言葉は悪いが、患者となる自分にとっては、心理的には監獄のようにしか見えなかった。

次に抗がん剤治療をした場合、免疫力はほぼゼロに近いレベルまで下がる。そのため、何か病気にかかったら、すぐに死んでしまう。そうした事態を防ぐため、一度無菌室に入ったら免疫力が戻るまでは部屋からは出られない。病棟の中すら自由に歩くことはできない。食事から排泄、入浴、睡眠。数か月の間は、すべての生活をその部屋の中で終えなければならない。

有名人で言えば元フジテレビアナウンサーの笠井信輔さんも、悪性リンパ腫を治療するために、無菌室に入って治療を行ったと聞いている。

また、がん治療だけではなく、臓器移植をしている人なども無菌室で暮らす体験をしているはずだ。

正直、そんな人たちに比べたら、自分なんてわがままだなと思う。

でも、自分は病院の一室で、管につながれながら死ぬのは絶対に避けたかった。この無菌室で治療されたら、もしかしたら自分のイメージする最悪の死に方を迎える可能性は格段に上がる。

生きる時間自体は多少長くなるかもしれない。それでも、家族とも過ごせず、何もない一人の部屋で痛みを感じながら死んでいくのは絶対に嫌だった。

病院を出た後、靖子は観念したようにこう言った。

「あなたが治療したくないという気持ちがわかった。私は介護施設で働いているから、80代、90代で家族と離れ離れになって、認知症になって周囲の状況がよくわからない状態で亡くなるのと、50代で若いけれども家族との時間をしっかり過ごしながら亡くなるのとでは、どちらが幸せなのかはわからない。結局は本人の気持ち次第だと思う。だから、治療はもう無理強いしない。むしろ、あなたの場合は自分がしたいようにしたほうが、案外長生きするのかもしれないね。だったら、腹を決めて、自分のしたいようにするのが一番の薬なのかもしれない」

いままでも、３回目の抗がん剤治療を拒否したことについて、靖子が心の底から納得しているのかどうかはわからない。でも、無菌室に一緒に行ってからは、「抗がん剤治療をもう一度受けてほしい」とはぴたりと言わなくなっていた。

――――

風花ちゃん、こんにちは。

空手はまだ続けていますか？　この動画はコロナでなかなか道場での稽古が再開され

ず、肩慣らしに1ヶ月ぶりに体育館で自主練した時の動画です。

1ヶ月休むとこんなにキレが悪くなるとは驚きでしたね。継続は力なり。昔の人は上手いこと言ったものですね。思えば前回の動画で風花ちゃんに伝えたかったことも「備えあれば憂いなし」の一言で済んだのかも。

格言というのは、今の時代でも通用するものも多々ありそうです。興味があれば色々と調べてみるのも面白いかも。


さてさて今回は、先日受けた余命宣告の裏側と謝罪の動画です。

1月の末にPET・CTという癌に特化した画像診断を受けて、2月の初めに診察を受けました。癌が再発していて、なおかつ全身に転移しているとの事でした。

医師は3回目の抗がん剤治療と自家移植というかなり身体に負荷のかかる治療を提案されました。医師に質問すると、お父さんが納得できる回答はほとんど得られませんでした。

すなわち3回目の抗がん剤治療の成功率は10%もないこと。

仮に成功しても3回も抗がん剤治療をすると心臓病などのリスクがついてまわること。

因みに抗がん剤治療ですが、１回目は成功率80％以上と言われ、２回目は40％と言われ、３回目は10％だと言われていました…

1回目、2回目とも寛解（成功）ならずでした。

80％でダメなものは10％ではムリでしょう。

お母さんは勿論治療の継続を望みましたが、お父さんとしては寛解する確率が限りなく低い治療をして残された時間を無為に消費するよりも、残された時間を精一杯家族と共に過ごしたいなと考えてしまいました。

お父さんが癌になってからずっと思い描いていた最悪の結末は、白い壁に囲まれた狭い病室のベッドで、よくわかんないチューブに繋がれて1人寂しく逝くというもので、それだけは避けたかったのです。

医師の考える「生きている」は、心臓さえ動いていれば寝たきりでも生きている、な訳で、お父さんの感覚とは相容れないものでした。

お父さんは生きている以上は自分の食い扶持くらいは稼ぎたいし、食べたいものを食べたいです。そんなこんなで3回目の抗がん剤治療を断ったところ、「治療を継続しないなら余命6ヶ月です」と言われました。

まだ小さな子供がいる以上、僅かでも可能性があるのならどんなにボロボロになっても治療をするべきだと大概の人は思うし、そうすることでしょう。

ただどうしてもお父さんはそういった人生観はもてませんでした。わかってほしいとも思っていない。

ただ素直に謝ります。治療を最期までせずにごめんなさい。まだ幼いキミをおいて逝ってしまい、申し訳ない。ただあくまでも勝手な予測だけど、治療をしない方がお父さんは長生きできるんじゃないかって予測しています。

なんの根拠もないんだけど、確信に近いくらいそう思っています。

キミにとってはやっぱり最期まで治療してほしかったのかな?

ベッドに横になっているだけで更に長生きしたいと頑張ってる人を否定するつもりは全くないんだけど、お父さんはやっぱり治る見込みが限りなく低い治療はどうしても無駄というか、意味のないことに思えてしまいます。

お父さんの体がまだ動くうちに、最低限の食事作りと家事をキミに教えておく方が有意義に感じるのはやっぱり間違っているのかな？


だとしたら、ただただ謝ります。

治療を放り出して、自分の勝手な人生観と思い出作りに逃げてしまい、ごめんなさい。

悪性リンパ腫に勝てなくて、ごめんなさい。

ずっとそばにいれなくて、ごめんなさい。

手を握ってあげられなくて、ごめんなさい。

寂しい想いをさせて、ごめんなさい。

護ってあげれなくて、ごめんなさい。

（２０２２年３月12日　＃６　余命宣告をうけた父が９歳の娘に伝えたい謝罪の動画）

「半年」という余命宣告を受けて いまから自分ができること

「このまま治療をしないのであれば、余命は半年くらいだと思います」

もう抗がん剤治療をしないと決めたとき、医師から言われた余命宣告は、ずっと頭の中に残り続けていた。

ただ、この時点では「とはいえ、そんなにすぐに死ぬことはないだろう」という気持ちもあった。特に身体の痛みもなかったし、最初のがん発見のきっかけになった首のコブもほとんど消えている状態だ。「なんとかなるんじゃないか」と楽観的な気持ちがあったと思う。

また、靖子も「あと半年で亡くなるというのは、ちょっと早すぎると思う」と冷静に言っていた。

というのも、彼女は父親を胃がんで亡くしていて、そのときは医者から「余命半年です」と言われ、本当にぴったり半年で亡くなってしまった。

義父の余命宣告時は、体力がとにかく落ち、食べる力もなくなっていて、以前とは比べ物にならないほどにげっそりと痩せてしまっていたという。そのときの状態と比べると、同じ余命半年にしても「あなたは元気すぎる」と言う。

「あなたはまだ食欲もたくさんあるし、全然体重も落ちていない。たぶん、もうちょっと大丈夫よ」

「自分のしたいことばかりしているから、まだまだ元気なんじゃない？」

そんなポジティブな彼女の言葉に後押しされると、まだ生きられるような気がしている。

抗がん剤治療を選択しない以上、地元の大きな病院ではもう診察してもらえなくなる。そこで、ほかの病院に担当を切り替えて、４週間に１回、血液内科の先生の診察を受けることになった。具体的には血液検査と尿検査をして、身体の状態を調べてもらうという緩和ケアに向けた治療に入る。

本当は「血液検査と尿検査も必要ないんじゃないかな」と思うこともあるが、将来的に緩和ケアを希望する場合は継続的な診察が必要になるため、いまも通い続けている。

人によっては、抗がん剤などの治療を諦めたときに、代替医療などに傾倒する人もいると聞く。ただ、自分の場合は、その気持ちはまったく起こらなかった。

がんになったとわかってから、周囲の人からは「この水を飲んでみたらどうか」「この漢方を飲むと効果があると言われている」などと、さまざまな情報をもらった。でも、自分には合わないような気がして、結局どれもやらずじまいだ。

そんななかで、一日でも長く自分の身体を持たせるために、最低限できることは何かをよく考えるようになった。

いま患っている悪性リンパ腫は血液のがんなので、激しい運動や汗をかくことはあまりよくないらしい。そのため、筋肉が衰えない程度に適度に運動しつつも、心穏やかな日々を過ごすように意識している。

もうひとつ大事にしているのは、自分の身体の免疫力を信じること。

人の身体は何が起こるかわからない。むしろ、いままでの自分の身体の免疫やバランスを壊さないためにも、そんなに変わったことはしないほうがいいんじゃないかと思った。

何か余計なことをしたせいで、すでに持っている大切なシステムを壊してしまうのが心配だった。

これまで「あと半年」と2回余命宣告を受けながらも、なんとか生き永らえている。だったら、身体をぎりぎりまで生かしてくれている自分の生存力を信じようと決めた。

唯一、自己流の治療法として始めたのは「炭水化物をたくさん食べること」。

知人からは「がん細胞は炭水化物だけを食べると言われているので、できるだけ炭水化物は抜いたほうがよい」と言われたものの、炭水化物を〝悪者〟にする風潮が嫌いだ。

かつて介護施設で働いていた経験から、食事が食べられなくなった人から亡くなっていくのはわかっていた。食べることが大好きだからこそ、とにかく最後までなんでもいいから食べてやろうと心に決めた。

バカみたいだと思われるかもしれないが、がん細胞が消化しきれないくらい膨大な量の炭水化物を食べれば、がん細胞も驚くんじゃないか。そう思って、やたらと炭水化物を食べるようにしている。

これはもちろん誰にも勧められない健康法だが、「あれも食べられない」「これも食べられない」と思って食が細くなるよりは、自分が食べたいと思うものをいっぱい食べて体力をつけるほうが身体にもよく、悔いなく残りの人生を生きられるような気がする。

そして、もうひとつ。いま生きる最大のモチベーションとなっているのは、できる限り家族との時間を過ごし、思い出を作ることだ。

休みの日は一緒に車で遠出したり、夏休みは海辺に泊まりに行ったり。自分も娘も恐竜好きなので、家族で福井県の恐竜博物館に行って、ワイワイ言いながら車中泊したのもいい思い出だ。車の中で親子3人が横並びで寝るのは、ちょっと窮屈だったけれども、家とは違う、ワクワクするような特別な夜だった。

家族そろってアウトドアが好きなので、3人でキャンプに行ったりもした。テントに泊まって、星空を見て。朝露が降りる中で、朝ごはんを作って食べて。何度もキャンプに行ったおかげで、いまでは風花は自分一人でテントだって張れるようになった。

これからも、自分が知っていることや伝えられることを、できるだけ彼女に教えていきたい。時間がある限り。

風花ちゃん、こんにちは。

朝晩は秋の虫が鳴きはじめ、少し過ごしやすくなりましたね。

太陽が昇るのも遅くなってきて、夏の終わりを実感しています。

ジュラシックワールドを観て1ヶ月、変わらず恐竜にハマっているようで、最近はお父さんが知らない個体を質問されたりして嬉しい限りです。

キミと恐竜の話がしたくて、最初に買い与えた図鑑は「恐竜」。

保育所で使う備品にもさりげなく恐竜をしのばせたり、恐竜柄のTシャツを着せたりと、かなり前から布石は打っていました。

なかでも21年の春に3人で行った福井の恐竜博物館で、何体もの化石を実際に見たことで、グッと興味が湧いたように感じました。

本で100回見るよりも等身大の化石を1回見る方が、遥かに心に刺さるんでしょうね。お父さんにとっても福井への旅行は、直前まで体調が悪くて一緒に行けるのか不安なものでした。

振り返ると3人で色々な所に旅行へ行きましたが、福井への旅行が1番記憶に残っています。

アーケロンの化石をみて目をキラキラさせていたキミを今でも鮮明に覚えています。

ボルガライスを食べて、美味しくてはしゃいだキミの笑顔をきっと忘れないでしょう。

キミが生まれる前にお母さんと2人で行っていた旅行は、その土地の美味しい食べ物や癒しの時間を過ごすことがメインの旅行でしたが、キミが加入して以降の3人旅行はキミの驚いた顔や笑顔にあうことがメインに代わった気がします。

身体と時間が許せば、また何処かへ行きたいものですね。

(中略)


(2022年9月2日　#55 余命宣告をうけた父が10歳の娘に遺したい凄い時代だったなぁという話)


風花ちゃん、こんにちは。

週末キャンプ、いかがでしたか?

お父さんの初キャンプは遅くて、高校1年の秋でした。男、3人で学校帰りに集まって、秩父の川っぺりにテントを張って、石の上に座ってすき焼きを食べる。そんな時間が妙に楽しくて、キャンプにハマりました。

自分もテントが欲しくなり「皆んなでキャンプに行こう」と家族3人から2万円ずつ徴収して、5万円のテントを購入しました。

家族4人でキャンプに行くことは結局一回もありませんでしたが、ついこないだまで現役でキミのファーストキャンプもそのテントでした。

テントは使った後にきちんと干しておくと恐ろしいほど長持ちすることを、記憶の片隅にいれておいてください。

また本来キャンプは1週間くらいは滞在したいのですが、哀しいけど現実的には1泊、2泊が多かったりします。短期間キャンプをより楽しむには、設営の楽なテントをお勧めします。たった一泊のキャンプのためにテント設営に1時間、撤収に40分とか効率が悪すぎてゆっくりできない。

動画で2人で作っているこのテントは、慣れたら1人で10分で設営できる割に天井も高いので過ごしやすいです。しっかり干してしまっておくので、いつか子供と使ってくれたら、ちょっと嬉しい。

キミが寝た後に焚き火をしながら、お母さんと少しお話ししました。話の前後は忘れたけど、お父さんがいなくなったら2人でキャンプへ行ったら？と提案したところ「そろそろ親子キャンプとか嫌がる年なんじゃないかな」と言っていました。

確かにそうかもしれないですね。お父さんも小学校の高学年あたりから、親と一緒に出かけなくなっていました。

自分の世界がどんどんできてきて、親と出かけるのが苦痛に感じる頃かもしれませんね。もしかしたら案外もう嫌々付き合ってくれているのかな。

だとしたら申し訳ない気持ちと感謝の気持ちと半々です。お父さんが生きていようが、逝ってしまおうが、どっちにしても今回が最後のキャンプになったかもしれませんね。

キミと何回もキャンプに行けて、本当にいい思い出になりました。

標高3000メートルから北極圏まで色んなところでキャンプしたけど、キミと一緒のキャンプが最高でした。ありがとう。

ということで、今回はこの辺で、バイバーイ。

(2022年10月17日　#66 余命宣告を受けた父が10歳の娘に伝えたいキャンプで話していたこと)

第4章

2022年2月、YouTubeを始めた理由

御巣鷹《おすたか》山の日航機墜落事故について思ったこと

2020年10月に「余命半年」と言われてから、ずっと考えていたこと。

それは、娘の風花に「何か」を書き残しておくことだった。

そう思ったきっかけのひとつは、1985年8月12日に起こった、群馬県・御巣鷹山の日航機墜落事故だ。この事故によって、520人にものぼる命が一瞬にして失われた。

御巣鷹山の事故が起こった日、自分は友人たちと山登りに行っており、帰宅すると、母から「テレビでニュースを観ていたら、山に飛行機が落ちたらしいの。健司が行った山に落ちたんじゃないかと思って、すごく心配だった」と言われたのをよく覚えている。

当時、自分はまだ世間知らずな高校生だったが、連日報道されるテレビや新聞、雑誌などを通じて事故の詳細を知るなかで、亡くなられたご本人はもちろん、遺族の心情を思うと、本当にいたたまれない気持ちになった。

後日、衝撃を受けたのが飛行機の乗客の人が家族に向けた遺書を手帳やエチケット袋などに殴り書きしていたという話だ。遺されて悲嘆にくれる家族にとって、死を覚悟した故人が書いた遺書は、きっと大きな心の支えになっただろう。

東日本大震災の際も、死の直前に置き手紙や書き置きのようなものを遺族に対して残す被災者もいたと聞いた。実際、遺族たちも「手紙をもらって、その後の人生においてすごく力になった」と感じたらしい。そこで、余命宣告を聞いて、自分の死を覚悟したとき、「自分も遺していく家族のために、何か言葉を残したい」と思ったのだ。

また、何かを残したいと思ったもうひとつの理由は、「父親がどんな人間だったのか」をきちんと風花に伝えておくべきだと考えたから。

いかに自分が身近だと思っていた人であっても、死んでしまうと実は何も知らなかったというケースは少なくない。事実、自分の両親について思い出してみても、この年になって意外と何も知らない。彼らがどんな人生を歩んで、どんな決断を下してきたのか。そんな簡単なことさえ、息子である自分は知らない。

自分の考えを娘や妻に伝えるのは照れも感じるけれど、その情報に触れたときにどう受け止めるかは風花や靖子次第だ。

彼女たちが自分の残したものを見たいと思わなければ、見る必要はない。でも、何か言葉を残しておけば、何かもの役に立つんじゃないか。少しでも役に立つ可能性があるのだったら、恥ずかしくても残したいと思った。

この「何かを残しておかなくちゃ」という強い気持ちが、それまでまったく興味のなかったＹｏｕＴｕｂｅを始める大きな理由になった。

「いつかやろう」と思ってはいたものの、何かを書き残すわけでもなく、ずるずると時だけが経過していた。すると、２０２０年10月に医師から宣告された半年間は過ぎていった。

もしかしてこのまま大丈夫なんじゃないか。

余命宣告なんて当てにならないんじゃないか。

そんなわずかな期待が頭の中をよぎっていたのだが、余命宣告から１年以上経った２０２２年の年始頃から、本格的に体調が悪化してきた。

病院に行って検査すると、数値も良くない。

そして、２月頃、いよいよ医師から「状態は良くないです。余命は半年くらいかもしれません」と告げられ、人生で２度目の余命宣告を受けることになった。おそらく人生で２度も余命宣告を受ける人間はさほど多くないだろう。

むしろ、レアな体験と言えるかもしれない。

ただ、今回は以前と違って格段に体調も悪くなっているし、身体の節々に痛みも感じるようになっていて、余命宣告の重みもまったく違った。

いよいよヤバい。早急にやり残していることをしなければ。

このときに真っ先に頭に浮かんだのが、以前から抱いていた「風花に自分が伝えたいことを何かの形で残すために何かしなければ」という想いだった。

いまから文章をゼロから書くのは時間がかかる。だったら動画がいいんじゃないか。そこで始まったのが、動画の撮影だった。

風花と過ごす日々を動画で撮影して、その動画に自分の想いをキャプションで書き記す。動画編集技術は素人だし、ネットにあふれるＹｏｕＴｕｂｅｒの動画のように立派なものを作ることはできない。それでも、自分がいなくなった後、風花が自分を思い出してくれたときに、この動画を見て、何か伝わるものがあればいいなと思った。

写真と違って、動画は撮影すればするほどにスマホの容量を占めていく。10本ほど撮影した頃には、すでにスマホのデータがいっぱいになっていた。

このデータをどうやって保存しよう。ハードディスクなどでもいいけれど、もっと風花や靖子が簡単に動画を見返せるようなメディアはないものか……と悩んだところ、アイディアとして浮かんだのがＹｏｕＴｕｂｅにアップすることだった。他人に見せたいというよりは、むしろいつでも気軽に見られる無料のストレージという感覚でアップした。

最初は風花が自分の顔を世界に公開するのを嫌がるかなと思って、「この動画、ＹｏｕＴｕｂｅにあげてもいい？」と聞いてみた。

でも、娘は日頃からＴｉｋＴｏｋなどの動画を見ていたので、ＹｏｕＴｕｂｅに対する抵抗感は特になかったらしい。「やりたい！　いいよ」とふたつ返事でＯＫしてくれた。

それから、カメラは自撮《じど》りか靖子に任せ、自分と風花の様子を撮影する日々が始まった。

配信を通じてありがたかったのは、気持ちを共有できる仲間を見つけたこと

配信を開始したときは、当初、何か反響があるとは期待していなかった。でも、回を追うごとに、自分と同じような病気を患っている人や、ご家族や周囲の人が自分と同じような経験をしたという方々から、メールなどをいただく機会が増えていった。

それはひそかに「がんになったことの情報や気持ちを、誰かと共有したい」と思っていた自分にとって、本当にありがたい出来事だった。

仮に自分ががんになったとしても、周囲の人の生活は変わらない。相変わらず、普通の生活は続いていく。どれほど自分ががんになったことを悲しんでも、周囲の人がその感情に付き合ってくれるわけではないのだ。

悪性リンパ腫が発覚したからといって、靖子と毎日その話をするわけではない。普段するのは、何気ない日常会話のほうがずっと多い。

親しい友人に話そうにも、変なプライドが邪魔してあまり弱音を吐くことができない。自分の恐怖や葛藤などの本音を伝えたくても、なかなかそういう機会がないというのが正直なところだ。

がん患者のセミナーのようなものに参加することも考えたが、こう見えても非常にシャイな人間なので、参加できずじまいだった。

そんな折に、YouTubeを通じて、自分が考えていることに対しての感想やコメントをもらうのは、とてもありがたかった。

特に自分の場合、一番大きな葛藤としてあるのが、病気に対する不安よりも、幼い子どもがいるにもかかわらず治療を継続しなかったことについてだ。自分で決断したこととはいえ、「本当にこれでよかったのだろうか」という疑念は、ずっと抱き続けていた。

しかし、配信を通じて、自分の決断に共感してくれる声もあれば、ご遺族の視点からの気持ちを教えてもらうことも増えて、とても救われた。

時には同じようにがんを患っている人がＹｏｕＴｕｂｅを見てくれて、その後メールでやりとりをすることもある。

以前、メールでやりとりをしたのが、抗がん剤治療をずっと継続している患者さんだ。自分の場合は2回で抗がん剤治療はやめてしまったが、その方は、３回目の抗がん剤治療を現在行っているという。

「あの大変な治療を何度も続けられるのか」とその精神力の強さを尊敬するし、「病気が治るかもしれない可能性」があることを素直に願ってしまう。

そんな気持ちから、その方に「自分は2回でやめてしまいましたが、抗がん剤治療を続けていらっしゃってすごいですね」と伝えたところ、相手から言われたのはこんな言葉だった。

「僕はただ生きたいから3回目の抗がん剤治療を行っているだけです。でも、仮に生き残っても、抗がん剤の副作用が強く出て、家族に迷惑がかかるであろうことは、もう目に見えています。僕からすると、逆に加治川さんのように治療を断念するほうが家族のためになるような気がして、うらやましいです」

メールを通じて「なるほど、そういう見方もあるのか」と新しい視点をもらった気がした。

自分の場合は、治療をやめたことを家族に申し訳ないと思ったが、治療を続けている人もまた「もしも治療を続けなければどうなっていたのだろうか」という別の後悔を抱いている。

結局、どちらか片方の道しか選べないのだから、「もしこうしていたら」という仮定の話はあり得ない。いつまでも「もし、自分が治療を受けていたらどうなっていたのか」などという可能性は考えずに、誰しも自分が選んだ道を、真っすぐ進むしかないのだなと思った。


また、うれしかったのは昔の友達から連絡が来たことだ。

ＹｏｕＴｕｂｅの更新をどこかで聞きつけたのか、朝日放送の『ＡＢＣニュース』に取材してもらう機会があった。初めての取材に風花はドキドキしていたようだったけれど、そのテレビ放送を通じて、長らく会っていなかった10代の頃の友達から連絡が来た。メールだけのやりとりになったが、彼も今度、島根に会いに来てくれるという。

ＹｏｕＴｕｂｅを通じて昔の縁がつながったことは、本当にうれしかった。

最近では、同じようにがんの余命宣告を受けた人から、アドバイスを求められることも増えた。

でも、医学的知識のない自分が、がんについてアドバイスをすることなど当然できない。なぜなら、がんの状況は千差万別。患っているがんの種類や年齢、そのときご自身が抱えているもの、病気の進行状況、体質などのさまざまな条件によって、事情はまったく違うからだ。自分の治療法や判断がそもそも正しかったとは思っていないし、何より正しかったとしても、それは自分だから当てはまったとしか言いようがない。

唯一できるのは、「自分の場合はこうだった」という個人の体験を語ることだけ。この本を書いたのも、そんな自分の状況を少しでも誰かにシェアできればと思ったからだ。

時には、余命宣告を受けた本人から、「家族にどう伝えたらいいのか」との相談を受けることもある。

ただ、これも実は人によって受け取り方は違うので、かなり難しい。

たとえば、「がん患者の人には『がんばって』という言葉をかけてはいけない。本人が重荷に感じてしまうから」と言われることがある。でも、自分の場合は周囲の人から「がんばってね」と言われると素直にうれしいし、やる気も出る。がん患者であっても、自分と同じような感想を抱く人は、決して少数派ではないはずだ。

画一的な対処法はないので、相手との関係性も考慮すべきだろうけれど、変に萎縮《いしゅく》せず「してほしいこと」「してほしくないこと」を聞くのがいいのではないかと個人的には思っている。

風花ちゃん、こんにちは。

先日は取材にお付き合い頂き、ありがとうございました。

緊張してあまり喋れないキミを見て、何故か少しホッとしました。

変に背伸びをせず、無理に迎合しない。そんな君のスタイルがお父さんは好きです。

なにはともあれ、お疲れ様でした。

お父さんも取材の一環でアルバムの整理をする必要があり、ようやく終わったところです。現像は半年毎にしていて日付け順に梱包しておいたのですが、入院だの引っ越しだのを理由にして、いつかアルバムに貼ればいいやと先延ばしにしていたツケが回り、

２０１９年１月からの膨大な量の写真を１人淋しくアルバムに貼っていました。

今回の話の教訓は、面倒くさいからと溜め込まずに、こまめにするのが賢いという話でした。まぁね、わかってはいるんですけどね。実践するのはなかなか大変ですよね。


今回はザクッと東京スカイツリーに行った時から、今年の春に錦帯橋へ行った頃までの３年３ヶ月分の写真を整理しました。

期間中の大きなイベントとして、キミの入学式や七五三、抗がん剤の副作用でお父さんの髪が抜け出している頃の写真。珍しくはしゃいだお母さんが踊っている写真なんかがありました。

ついつい手を止めて見入ってしまい、必要以上に時間のかかる作業でした。

同じ写真を2枚ずつ現像して、親用とキミ用で2種類のアルバムを作っています。

結婚する時にキミに持たせるつもりですが、10歳にして早くもアルバム5冊目。結婚する頃は何冊になっていて、そもそも「邪魔、いらない」と言われないか心配です。

更にアルバム以外にも、キミが露店で初めて買ったお面や初めて運動会で履いた靴。初めてのクリスマスにプレゼントした黄色い笑い袋といった、通称「初めてシリーズ」

が大型の収納ケースに鎮座していますが、キミが新婚生活に持っていってくれるのか、猛烈に迷惑なプレゼントにならないか、少し不安なところです。

写真に関していえば、キミが産まれた頃は、コンデジというカメラで撮影していました。カメラなので、どうしても撮影までに手間がかかっていたのですが、コンデジからスマホに移行して、スムーズに撮影できる環境になると写真の数が飛躍的に増えましたね。

特にお父さんの趣味で食事中のキミの写真が多くて「ラーメンばっかり食べさせてるな」とか「この頃はサラダに凝ってたんだな」とか、写真を見返すと忘れていたことを、色々おもいだしますね。

どの写真のキミも、屈託なく笑っていて、今のところは真っ直ぐに育ってくれているなぁとキミにもお母さんにも感謝しています。ありがとう。

ということで、今回はこの辺で。バイバーイ。

しらたま作成中。

（2022年8月26日　#53 余命宣告をうけた父が10歳の娘に遺したい夏休み最終日の映像）

抗がん剤治療よりもつらかったのは信じていた人たちとの軋轢《あつれき》

病気になると、自分を取り巻く環境が、それまでとは大きく変わってしまう。その変化が、時としては病気以上に患者にダメージを与えることもある。

たとえば、自分の場合、がんになったとき何より大きな打撃となったのは、両親との関係性の変化だ。

この話については、本書に書くかどうかは非常に迷った。身内の話だし、この文章を読んだことで不快な思いをする方がいる可能性も十分にある。もし、「そういう話題は読みたくない」という方がいれば、このページを読み飛ばしていただいてかまわない。

だが、病気を持っている人にとって、実は人間関係の軋轢というものは、病気以上に患者にダメージを与える可能性があることを伝えるために、ぜひここで書いておきたい。

２０１９年末に、我々家族が母親の介護のために身ひとつで東京に移り住んだことはすでにご紹介した通りだ。その後も、同居を続けていたものの、半年後に自分にがんが発覚した。

80代という高齢の両親としては、我々が思っていた以上に、自分の息子ががんになってしまったことがショックだったのかもしれない。

入院の1週間前、父親から「お前がつらそうな姿を見ながら一緒に暮らすのは、親として忍びない。申し訳ないけれども、できれば同居は解消してくれないか」という突然の申し出があったのだ。

たしかに、本来は母親の介護という理由で東京に戻ってきたのに、自分が悪性リンパ腫という病気になったことで、むしろ介護する側から心配をかける側になってしまった。この時点で、両親には申し訳なかった。

さらに、１か月前の深夜には突然の腹痛のせいで、自分が自宅から救急車で緊急搬送されるという出来事もあった。このときも、両親は肝を冷やしたのかもしれない。

その後、がんが発覚して、診察だ、入院だ……とバタバタしている一連の様子を、彼らはずっと近くで見ており、そのたびに心を痛めていた可能性もある。

両親にとっては、息子がつらそうにしている様子を見るのは心苦しかっただろうし、何より息子の病状によって日々の生活のペースが乱されることで心身への負担も大きかったはずだ。そしてその頃には、帰京への理由であった母の身体はかなり回復し、介護もさほど必要ない状態でもあった。

ただ、こちらとしても覚悟を決めて島根の家を引き払って東京に来たわけなので、いきなり「出ていってほしい」と言われても、行く当てもない。また、風花が小学校に入った後だからいま住んでいる場所からあまり遠くには引っ越せない。猫も飼っているので、ペット不可の建物が多い東京では、なかなかすぐに賃貸物件は見つからないだろう。もちろん、新しい家を買うという余裕もなかった。

こちらにも、「親だから」という甘えがあった部分もあるだろう。でも、子どもが一番大変なときに、一番身近だと思っていた親から「出ていってほしい」と言われた精神的なショックは、びっくりするほど身体にこたえた。

入院1週間前の大変なタイミングに、そんなことを言われても……。

その言葉を飲み込んで、まず一度靖子に現状を相談した。

そのときにありがたかったのが靖子の対応だった。彼女は一切泣き言や愚痴を言わず、「わかった。お父さんとお母さんがそう言う以上は仕方ない。どんなボロアパートでもいいから早く引っ越そう」と言ってくれた。

自分の都合で東京に来たので、感謝以上に申し訳なさを感じたけれど、すぐに近所にアパートを探して出ていくことにした。

この当時のことは、正直あまり記憶がない。ただ、仕事もして、子育てもして、夫の入院の準備もして、引っ越しの準備までした彼女が、自分よりも何十倍も大変だったと思う。本当に申し訳ないし、感謝しかない。

自分と靖子が「いまは大変な時期だから！」と主張して、引っ越しを遅らせることはいくらでもできたと思う。ただ、家の中で不協和音があると、一番立場の弱い風花が一番嫌な目に遭うのではないかと感じたのも、引っ越しを決めた大きな理由だった。

この事件があった1週間後に抗がん剤治療が始まったが、抗がん剤のつらさよりも、病気によって初めて抱いた両親への不信感のほうが衝撃は強かった。そして、今後の生活を考えると、抗がん剤の気持ち悪さが吹き飛んでしまうくらい落ち込んだ。

「なんでこのタイミングなのだろう。せめて治療がひと段落するまで待てなかったのかな」

ベッドの上では、考え事しかすることがない。

自分は転職したばかりなのに入院で仕事を休んでいるし、妻子二人で初めてのアパート暮らしをさせている状態だ。実家の両親のサポートもない。

それを考えると、入院していても、「早く帰らなくちゃ」という気持ちだけが急いてしまって、まったく治療に専念できなかった。


騒動が起きてから、横浜に住む義姉に「実は、がんが発覚した後、親から出ていってほしいと言われた」と相談した。

すると、義姉からは「そんなもんだよ。病気になると、それまでは普通に接していた人が普通じゃなくなるんだよ。人によっては、以前とは同じ関係性を保つことができないのよ。それは、仮に実の親であったとしても同じだよ」と言われてスッと楽になれた。

病気になるということは、単純に自分の身体が痛むだけなのかと思っていた。でも、それ以上に環境をガラリと変えてしまうものなのだと、この件で初めて思い知った。

両親を責める気はまったくないし、いまでも疎遠《そえん》になったわけではない。ただ、正直、以前と同じような関係性に戻れたかというと、かなり疑問が残る。

よかったのは、引っ越しした後に風花が目に見えて元気になったこと。

ひとつの家で祖父母と共に住む生活は、島根の大きな家で自由に過ごすのが当たり前だった風花にとっては、やや気づまりな部分が多かったのかもしれない。

あのまま、高円寺の家にとどまっていたら、もしかしたら彼女の心にあまり良い影響を与えなかった可能性もある。最近では、親から「出てってくれ」と言われてよかったと肯定的にとらえるようになった気がする。

病気になってから、さまざまな人の優しさやありがたさというものを強く感じた。反対に、肉親だからといって、必ずしも味方になってもらえるわけではないし、時には理解されないことだってあるのだと思い知った。

「お父さん、あんなに元気で太ってるんだから、大丈夫だよ」

風花には、余命が半年であることは２０２２年２月の時点で伝えていた。

父親があと半年で死ぬと言ったら、悲しむんじゃないかと心配だったが、

「お父さん、あと半年しか生きられないかもしれない」

と伝えたときは、風花は「あ、そうなんだ」と案外ケロリとしていた。

２年ほど前から「病気で死ぬかもしれない」と伝えられていた父親が、案外２年経って

もピンピンしているので、本人の中では「お父さんが、また冗談を言っているようだ」と受け入れているのかもしれない。

事実、それ以来、娘が自分の言うことを聞かないときに、「お父さんはもう長くないんだから、そんなことをしたらダメだよ」などと言って彼女をいさめても「どうせ死なないじゃん！」と言って笑われる。

本人なりの強がりで無理させている部分もあるのだろうけれど、娘がそうやって明るく接してくれることで、余命宣告を受けた身としては気持ちが楽だった。

逆に、彼女が毎日悲しんでいたとしたら、「申し訳ない」という想いのあまりに、もっといたたまれない気持ちになっていたはずだ。

どんな形であれ、風花が「余命半年」「お父さんはもうすぐ死ぬかもしれない」という事実をなんとなくでも日常として受け入れてくれることは、寂しい一方で悲しませないですむという安心感もある。

ただ、「自分ががんであることを隠さず、先に伝えておいたほうが万が一のときにショックを与えなくてすむんじゃないか」と思い、早めに病気のことは伝えていたわけだが、もしかしたら猛烈なストレスになっているのではないかとよく考える。

本当は風花に自分の病気や余命について伝えるべきじゃなかったんじゃないかという葛藤は、いまだに頭をかすめてやまない。

でも、伝えてしまった以上、時間を巻き戻すことはできない。

どちらが正解だったのかはわからないし、自分の死期を伝え、それを受け入れてくれたことを手放しでよかったとは思えないが、いまは残された日々を風花と靖子と共に精いっぱい生きるしかない。

なお、「半年」と言われた余命宣告をとうに過ぎた２０２３年１月現在、日常的に「お父さんはそろそろだよ」というセリフを言う機会が増えたような気がする。もっとも、娘からは「こんなに太って元気そうなのに、死ぬわけないよ！」と笑われるが……。

２０２２年11月に行われた運動会でも「たぶん君が出る運動会をお父さんが見られるのはこれが最後だと思うよ」と伝えると、「じゃあ一生懸命走るから見ていてね！」と返してくれた。その日の徒競走で、彼女は２位になってうれしそうに跳びはねていた。

その姿を見て、つくづく思った。自分は幸せだな、と。

病気になったからこそ日々感じる風花の成長

風花は、生まれてからずっと身体が丈夫で、大きな病気もしたことがないし、骨折やケガなどもない子だった。そして、何よりとても優しい子どもに育ってくれたと、親の欲目ながら強く思う。

たとえば、彼女は自分がつらそうにしていると、すぐにこう聞いてくる。

「痛い？」「どこが痛いの？」

そう聞かれるたびに、思わず「痛くないよ」と答えてしまうけれど。

「これを言ったら相手が傷つくだろうな」「これを言ったら相手が嫌がるだろうな」ということを察するのが、とても上手な子だ。本音をきちんと出しているのだろうかと、時に心配になることもある。

とにかく頼りがいがありすぎて、靖子が「もしあなたがいなくなったら、娘に支えられながら、生きていくんじゃないかな」と冗談を言うほどだ。

優しい子ではあるが、一方でとてもひょうきんなところがあって、ふとした瞬間に、顔芸をして、笑わせてくる。

この前も、娘から突然「お父さん！　見て！」と声をかけられて振り返ると、彼女が行進しながらボディビルダーみたいにポージングをしてふざけてくれた。

そんな様子を見て、うれしい半面、心の中でとてもほっとしていた。こんなユーモアを持っている子であれば、きっと多くの人に好かれる大人になってくれる気がする。


「お父さん、がんになったよ」と伝えたのは、風花が7歳のときだ。

それから3年。いま10歳になった娘は、驚くほど成長したと思う。

彼女が7歳で東京の古いアパートに住んでいた頃は、「家に一人でいるのが怖い」と言って30分間の留守番も嫌がるような子だった。でも、10歳になったいまは1時間でも2時間でも、一人で留守番できる。３年間、時間稼ぎをしてくれた身体に、いまはただ感謝している。

また、先日、自分が1週間ほど入院したときも、風花はお母さんの家事を手伝って、お皿洗いなどをがんばっていたらしい。

何気ないことだけれども、そんな小さな成長を毎日見られるのが本当に幸せで、楽しい。許されるならば、彼女の成長を、もっともっとたくさん見ていたい。

父が余命宣告を受けていて、がんで命が助からないかもしれない。そんな状況だが、風花が何を考えているのかについては、正直きちんと話をしたことはない。

靖子によれば、

「お父さん、数年前に死んじゃうって言ってたけど、あんなに元気で太ってるから、たぶん大丈夫だろうね」

「島根に来てから、お父さんは元気になったね。仲の良い友達と大好きな自然があるからだろうね」

と言っていたそうだ。

それが本心なのかはわからないが、あまり深刻にとらえすぎないことで、日々を元気に過ごしてくれるほうが、こちらとしても本当にありがたいと思う。

この二人なら遺していっても心配いらないと思えた

10年間、風花の成長を見てきたから、彼女がどんなふうに考えて、悩んで、そして自分なりに努力をして、工夫をしてきたかは、なんとなくわかっているつもりだ。

そういう意味で言うと、風花を遺して死んでいくことに関しては、実はそれほど心配していない。

余命が残りわずかであることが判明してからは、娘が自分の身の回りのことができるように、毎日のようにいろんなことを教えてきた。

そのかいあって、彼女はもう食事の準備は一人である程度できる。少なくとも自分が10歳のときに比べるとレベチにできる。靖子がいるときも、きちんとお手伝いができる。料理だって少しずつ覚えている。「家のことなんて後でいいから、遊んでおいで」と言いたい気持ちもあるけど、そんな彼女の成長に、日々とても感謝している。

自分が子どもの頃は、ごはんは母親が用意するのが当たり前で、息子である自分はお手伝いなんて全然しなかった。もういまは、女性だけが食事を作るような時代じゃないが、自分でできることが増えることはいいことだと思う。

風花は、自分でごはんも炊けるし、お味噌汁だって作れる。ハンバーグを一緒にこねてくれたし、一緒に餃子を包むのも楽しんでくれた。ただ、彼女が包丁を持つときの手がやや危なっかしいので、ケガをしないか、いつもちょっとドキドキしているけれど。

最近の小学生はなかなか忙しい。学校がだいたい夕方16時すぎまであって、帰ってきてから宿題をすると、すぐに晩ごはんの時間になる。

ほっとしたいときもあるだろうから、いろんなことを無理やりやらせたりはしない。そのうちきっと覚えるし、いま彼女が一番しなきゃいけないのは、学校でたくさんのことを学んで、友達と仲良くすることだから。

でも、ひとつだけいまから彼女にお願いしていることがある。

それは、「仮にお父さんが亡くなって、お母さんと風花の二人だけになったら、少しだけ家のお手伝いを増やしてほしい」ということだ。

「君も学校から帰ってきてすぐ宿題をするのは嫌だよね。ちょっとだけ一息つきたいと思うだろう？　お母さんもおんなじなんだ。仕事から帰ってきて、たたまれていない洗濯物を見たら、『たたまなくちゃ』って思っちゃうんだ。だから、自分に余裕があるときはやってあげてほしい。一緒にやる、でもいい。それだけでもかなり楽になるはずだから」

こう伝えてからは、これまで以上に積極的にお手伝いをしてくれるようになった気がする。


安心できる要素は、日々の日常生活におけることだけではない。

靖子と風花の仲の良さや関係性を見ていると、「あぁ、この二人なら遺していってもなんとかなるだろうな」と思ってしまう。

妻と娘がソファに座って、とりとめなく会話をしているのを聞くことがある。学校のこと、好きな食べ物のこと、夕飯のこと、友達のこと……。どれもたわいもない内容だが、笑いが絶えないその会話からは二人が強い信頼感で結ばれていることがよくわかる。

この先、もちろんいろんな小さなトラブルはあるのかもしれない。でも、きっとこの二人だったら、なんとかやっていけるんじゃないか。そんな強い安心感を抱かせてくれる。


風花ちゃん、こんにちは。

10歳の誕生日おめでとうございます。

とても残念だけど、恐らく10歳の誕生日がお父さんが一緒にお祝いできる最後の誕生日となったことでしょう。

さて何を書き残そうかなと、この2、3日考えていましたが何時も以上に書くことがまとまりませんでした。

10年間は長かったですか？

楽しかったですか？

お父さんにとってはあっという間の10年間で、毎日が楽しかったです。ありがとう。

最近アルバムを整理していますが、幼い頃のキミの写真をみているとすぐに手がとまってしまいます。

ありふれた日常の1コマが、キラキラと輝く宝物です。いくらお金を払っても、この頃には戻れないんだなと、つまらない事を考えてしまいます。とにかく10年間、大きな病気や怪我をしなかったことに感謝しています。

少なからずの人から「風花ちゃん」と優しく接してもらえたことに感謝しています。

大きくなったね。色んなことが喋れるようになって、難しい漢字も読めるようになった。10年前の今日は、10年後にこんなに立派に成長しているなんて想像もしていませんでした。嬉しいです。


11歳の誕生日はお母さんと2人で過ごすのでしょうが、何も心配いらないよ。

まだ悲しみが癒えていないかもしれないけど、時が助けてくれるから。

心配しないで大丈夫。変に元気を出さなくて大丈夫。

ゆっくりでいいから、休みながらでいいからキミのペースで少しずつ歩いてください。

誕生日おめでとう。ずっとずっと、大好き。

（２０２２年５月21日　＃32 余命宣告をうけた父が10歳の娘に遺したい誕生日の風景）

靖子。君と出会い、結婚できて本当によかった

自分の人生を振り返ると、本当にいろんな決断があったと思う。

そんななか、いまだに自分を自分で褒めてあげたいのが、靖子という伴侶を選んだことだ。がんにもなるし、治療しろと言っても言うことを聞かないし、彼女にとっては自分が良い伴侶だったかどうかはよくわからない。ただ、自分に関して言えば、こんなに頼りになる妻と一緒になれて、本当に幸せだったとつくづく思う。

まず、彼女に助けられていることのひとつは、病人になった自分に過剰に気を使いすぎないところだろうか。

いまだにたわいもないことで、夫婦ゲンカも頻繁にしている。

たとえば先日も、夜中にいきなり靖子に起こされ、怒られた。我が家では家族３人が川の字になって同じ部屋で寝ているのだが、彼女の布団を誰かが引っ張ったせいで、寒くて目が覚めてしまったらしい。

おそらく自分か風花のどちらかが布団を引っ張ったらしいのだが、さすがに身体の小さい風花がそんなに強く布団を引っ張るとは考えにくい。彼女は「大人じゃないと私の布団を引っ張れるわけがない。あなたが引っ張ったんでしょ！」と怒っていた。

怒りのあまり、ついには隣の部屋に行って一人で寝ると言うので、「いやいや、風邪をひくからこっちの部屋に戻ってきたら」と呼び戻しに行った。

呼び戻した後も、彼女は「心から自分が悪いと思って謝ってないでしょう！」と文句を言っていた。病気が発覚した直後は、彼女から怒られるたびに「もしかしたら余命も短いかもしれないんだから、優しくしてほしいな」と思ったこともあった。

でも、靖子は「病人だから」とか「死期が近いから」という事情は一切おかまいなしで、以前と変わらぬ接し方をしてくれる。だからこそ、以前と変わらぬ幸せな日常があるんだなと、最近は気づくようになった。

妻・靖子の自慢ばかりするのもなんだけれども、この場を借りて言わせてほしい。

彼女は本当に努力家だ。夫の自分がいなくなった後のことを見据えて、いまもさまざまな資格にチャレンジしている。

現在、彼女は介護の仕事をしているが、２０２２年4月には介護福祉士という国家資格を取り、現在はケアマネジャー（介護支援専門員）の試験に向けて勉強をしている。

通常は、介護福祉士の資格を取ってから5年間ほど働かなければケアマネジャーの資格は取れないが、靖子の場合は栄養士の業務を長い間やっていたので、イレギュラーな速さで資格への挑戦権がある。

家事をして、子どもを育て、なおかつ働きながら、何かを毎日勉強するのはすごく大変なことだと思う。それでも、自分ががんという病気に侵されてからというもの、彼女は毎日どんなに疲れていても、必ず一日1時間は資格の勉強をしている。

旅行先であっても、夜勤明けで眠たくても、どんなタイミングでも必ず勉強している。一生懸命勉強する彼女の姿を見ていると「あぁ、自分がいなくなった先のことを見据えているんだろうな」と感じて、頼もしくもあるし、少しまぶしさを感じることもある。

風花が生まれる前は、我々夫婦は共働きで、それなりの蓄えもあった。

だが、自分が病気になったことで、その貯金をだいぶ食いつぶしてしまったという自覚がある。二人のお金だし、靖子には彼女なりの人生設計があったはずなのに、自分の病気のせいですべてを台無しにしてしまったのではないか……と心配は尽きない。

それでも、靖子は文句ひとつ言わず、一緒にいてくれる。本当に日々助けられているし、この人なしではここまで生きていられなかったと思う。

いつだったか、彼女は言った。

「あなたには、好きなように人生を最期まで楽しんでほしい。私に何ができるかわからないけれど、最期の瞬間に『この人生で楽しかった』と言ってもらえればそれで十分。あなたが仮に長生きしたとしても、いつかは別れが必ず来るんだから。いま深く考えても答えは出ないんだから、みんなでいまを楽しく生きていけるならそれで幸せなんじゃない？」

その言葉を聞いて、改めて「この人と結婚してよかったな」と温かい気持ちになった。

ひとつ心配なのは、靖子が優しいからこそ、家族のことばかりにかかりきりになっていて、友達などと会う機会が少ないことだ。

自分が死んだ後、誰か心の支えになってくれるような人はいるのだろうかと、いつも心配しているのだが、「大丈夫。あなたがいなくなったら、また友達と会うし、新しい友達もつくるから」と言っている。本当にそうしてほしい。

自分がいなくなった後に、靖子がどんな人間関係を築くのかはわからないけれど、彼女が幸せになれるのであれば、その新しい人生を心から祝福したい。

こんにちは、キミと出逢って24年が過ぎました。

24年。字で書くと3文字ですが、良いこと悪いこと、色々あった24年間でしたね。

結婚は誰でもできるけど、結婚生活を続けていくのはそれなりの努力が必要な訳で、ウチらが今日まで続けてこれたのは、キミが努力を惜しまなかったからだと今、つくづくおもいます。ありがとう。

癌を患って3年。言いたいことがあったのでしょうが、愚痴も弱音も吐かずに支えてくれたことに感謝しています。ありがとう。

そして結果的に寛解させることが出来ず、ごめんなさい。

風花が生まれるずっと前、金曜日の夜にエスティマに犬を乗せて、中国道を西に走りました。安佐SAで夕食を摂ると、キミはすぐ眠りについて、真っ暗な中国道をキミの寝顔を見ながら運転する時間が大好きでした。楽しい時間をありがとう。

やり残したことはそれほどないけど、リタイアしてからキミと行くつもりだった自動車での日本一周旅が幻になったのは残念です。

それと出逢った頃からキミにリクエストされていた沖縄旅行ですが、叶えられなくて申し訳無かったです。自分が逝ったら風花と行ってみてください。

53歳で余命宣告を受けた自分はキミにとってはハズレでしたね。

人生設計を根底から崩すことになり、申し訳なく感じています。

子育てに関しても責任が重くなり、何回も書くけど申し訳ないです。

とにかくあと5年。15歳になったら就業もできるし、一人暮らしもできる。なので勝手なお願いだけど、最低でもあと5年は生き抜いてください。

これが自分の最後のお願いです。

ありがとう。

キミにあえてよかった。キミより早く逝けてよかった。

（2022年8月8日　#50 余命宣告をうけた夫が妻に遺したい動画）

余命宣告があったおかげで「心の準備」ができた

余命宣告を受けた期限から、半年以上が経過した。

時々、「もしかしたらこのまま生きられるんじゃないか」という期待が生まれることもあるが、「そんなに都合がよい形にはならないだろうな」という諦めが、ごちゃ混ぜになっている。

ただ、治療がなくなったいまは、毎日がただ穏やかに流れている。

健康になりたいとは言わない。がんが寛解すればいいとも言わない。前のような生活に戻りたいとも願わない。ただ、平穏な毎日が、このままずっと続いてくれたらいいなと思いながら、日々を過ごしている。

２０２０年10月の時点で「あと半年です」と最初の余命宣告をされたとき、当たり前だがショックを受けた。その後、何回も宣告期間を過ぎているのに、まだ生きているので「余命宣告なんて当てにならないものなんじゃないか」と反発心を持つこともあった。

でも、いまでは「余命宣告はされてよかった」と思うこともある。

その理由は、自分の死ぬ時期が予想できるからだ。

もちろん誰しも早死にはしたくないだろうけれど、地球上の誰もが、明日にでも不測の事故や急病などで亡くなる可能性を秘めている。でも、その可能性について、毎日意識して生きている人は、ほとんどいないと思う。

もちろんそれは当然のことだ。毎日「死」を意識して生きていたら、疲れてしまう。

でも、がん患者の場合は、普通の人よりも「明日死ぬかもしれない」という可能性が高いから、日々「死」を意識するし、「死」について人一倍考えている。

毎日「明日自分が死ぬかもしれない」と思いながら生きるのは、死刑宣告された死刑囚のような気持ちになることもあるとはいえ、一方で、死ぬまでの準備ができるし、残された自分の時間をいとおしむことができる。それは、ある意味悪くない死に方だ。

余命宣告があったおかげで、娘や妻に伝えたいことを伝えられるし、悔いがないように残された時間を思い出作りに使うこともできる。

こうやって本が書けたのも、余命宣告があったおかげだと思う。


ただ、準備をしすぎて、逆に失敗することもある。

自分の場合は、2022年2月に2度目の余命半年という宣告を受けた直後、「自分が死ぬのは今年の夏ぐらいなのか。だったら、もう冬物はいらないな」と思って、自分の冬服をほとんど処分してしまった。

靖子には「ちょっと!! そんなに場所を取るものではないから、まだ捨てなくていい。半年で死なない可能性だってあるんだから。だいたいあなたの洋服はサイズが大きすぎて、ユニクロとかでも手に入らないのよ!」と全力で止められたが、準備するなら早いほうがいいと考えて、ジャケットやコート、セーターなどをどんどん捨てたのだ。

しかし、1月になっても、自分は生き続けている。

そして、靖子が言った通り、案の定、冬なのに冬服がなくて寒くて震えた。靖子には「それみたことか!」と怒られたが、新しい冬服を2着ほど買ってもらった。

その暖かい服を着て、いまもこの原稿を書いている。

風花ちゃん、こんにちは。１週間、お疲れ様でした。

それにしてもこの映像、悪徳金融業者がいたいけな少女をだまくらかしているようにみえて、苦笑いしました。もし生まれ変われるのなら、次はもう少しシュッとした感じでと要望してみます。

さてさて最近は自分で自分の命を絶つ残念なニュースが続いています。

お父さんは大人がそういった選択をすることに大反対という考えではありません。生きてさえいれば必ずいいことがあるとか、とても自信を持って言えないし、苦しみや辛さって他人に打ち明けたところでなかなか楽にならないからです。

なので否定はしないのですが、残念ではあります。病気になって、それまで知らなかった人、特に幼くして重い病気と向き合っている子供達の姿を見た今は、余計そう思います。

生きたくて一生懸命頑張っている人がいることが頭の片隅にでもあれば、ちょっとだけ結果が違っていたかもしれませんね。

まぁ、でもお父さんも、継続治療ではなく緩和ケアを選択しているので、根っこは一緒なのかなと自覚はしています。

お父さんは6歳上の兄がいる2人兄弟の末っ子だけど、実は間にお姉さんがいました。お父さんが今のキミくらいの頃、友達は休日になると、やれ遊園地だ、動物園だと連れて行ってもらっていて、お父さんは何故かお寺に連れて行かれることが多くて、ある日母親に「お寺なんか行きたくない」って言ったら教えてくれたんだ。

お姉さんはお父さんより2年前にお腹の中にいた子で、母親は女の子を授かったことを凄く喜んでいたらしいけど、生まれてこれなかったそうです。

その話を聞いて「よし、お姉さんの分も頑張って生きるぞ」とは全く思わなかったけど、恐らくお姉さんが生まれていたら俺は生まれていなかったろうなと、子供心に思ったものです。お父さんが生まれていなければ、当然キミも生まれていない訳で、運命の意志みたいなのを感じます。

今にしておもうと、母親は各地で水子供養をしていたんだろうなぁ。お父さんの幼い頃の写真は、髪を長く伸ばして女の子の服を着ているものばかりなんだよね。

全員がそうではないだろうけど、親っていうのは生まれてこれなかった我が子にたいしても、自分より早く逝かせてしまって申し訳ないって気持ちをずっと持ち続けるんだ。

感謝しなさいって話ではなくて、お父さんもお母さんもキミにたくさんの想いや願いを寄せているんだよって話です。

なので、できれば命を大切にしてください。

お父さんからのお願いです。

これから先のキミの人生は、決して平坦な道ばかりではないでしょう。でも不安におもわないで。良い時間が続かないように、嫌な時間も必ずいつか終わるから。

因みに嫌な目にあった時のお父さんの対処法を書くと、本で読んだ酷い目にあった人の話をイメージしてやり過ごすようにしていました。

それがキミにも有効かどうかわからないし、正しい教えかどうかもわからないけど、少なくともお父さんには「あの人のダメージと比べたら俺はまだまだいけるな」と効果があったので書いてみました。

こんな話が参考になる日がキミに訪れないことを願っています。

ではでは、今回はこの辺で。バイバーイ。

（２０２２年５月13日　#29 余命宣告をうけた父が９歳の娘に伝えたい参考にする機会が無ければと願う話）

余命宣告を半年以上過ぎたいま、「不調じゃない日」を増やしていきたい

あくまで一人のがん患者の体験談として、どなたかの参考となればという想いから、現状の自分の身体がどのような状態なのかを、簡単にご紹介したい。

2023年1月時点。身体じゅうの首筋や足の付け根などのリンパがたまりやすい場所を中心に、鈍痛が続いている。

触診の結果、リンパ節にシコリがみられるということだったが、まだ大事には至っていないと言われている。ただシコリが急に肥大化したり、激痛を伴ったりした場合は、緊急度は変わるという。

いまのところは急変することはなさそうなので、2022年のクリスマスと2023年

のお正月という目標をクリアした現在、次は風花が新学期を迎える4月まで生きることを目指してがんばろうと思っている。

身体に生じるさまざまな痛みのなかで、最近顕著なのが、下腹部の痛みだ。

がん細胞が身体にどのような影響を与えるかは人によって違うのだと思うけれど、自分の場合、なぜか痛みは下腹部に集中している。

現在は、下っ腹の痛みに加えて、右側の睾丸に大きな痛みがある。そのため、長時間座っていられなくなってしまった。

恥ずかしい話だが、肛門にも違和感がある。またもや変な話で、最近は肛門にぐりぐりと棒を差し込まれたような痛みで目が覚めることが何度もある。

これまでの人生を振り返ってみて一番痛かったのは、18歳のときに経験した尿管結石の痛みだ。結石の痛みは、悶絶して失神するほどにつらかったが、あの痛みに比べれば、がんの痛みはまだ穏やかにも感じる。

ただ、結石のように取り除くことができないし、長く続く上に、今後痛みが増していくという点では、つらいことには変わりはない。

少し身体を動かすと「あたた」と思わず声が出てしまうので、時々家族には驚かれてしまう。一度痛みが始まると横になって落ち着くのを待つしかない。

以前よりも身体の痛みがひどくなったことから、働いていた介護施設の仕事は辞めた。ただ、少しでも食い扶持を稼ぐために、早朝の新聞配達のバイトを続けている。現在は、毎朝3時から車で新聞配達をする。配達中に痛みを感じて身体がつらいときは、車の中で15分ほどぐったりと横になることもある。

家にいるときはできるだけ家族には心配させたくないので、痛みを感じても動きまわったりして、痛みをごまかすようにしている。

体勢的には横になっているほうがずっと楽だが、寝てばかりいては筋力も弱まるし、QOLが下がってしまうので、無理にでも立ったり、歩いたりして、少しでも身体を動かすように心がけている。おかげで、風花と散歩する時間も増えた。

いまは、なんとか横になれば落ち着くぐらいの痛みですんでいるものの、今後、自分の意思では止められないほどの痛みが発生する可能性もある。

痛み止めは使うと癖になってしまうので、最後のギリギリまで頼りたくないと思っているが、もしもどうにもならない痛みを感じるようになったら、痛みには逆らわず、緩和ケアを通じてモルヒネを打ってもらおうと決めている。

数か月前に比べると、明らかに食は細くなった。たとえば、以前はおやつにモスバーガーを4つくらい食べられたのに、いまでは2つくらいが限界だ。もっとも普通の人に比べると、食事量は多いほうだと思うのだが……。

２０２２年の2月には１１１キロあった体重が、２０２２年12月の時点で１００キロを切っていた。

なるべく食べられるものをがんばって食べているのだが、どんどん体重は落ちていく。最終的には50キロか60キロくらいになると聞いているので、もしかしたらこれから先、どんどん食べられなくなってしまい、毎月20キロくらいのペースで体重が落ちていくのかもしれない。

最近は体調が悪いタイミングが増えてきて、友達との会合などに参加できないことがある。ずっと楽しみにしていた約束が身体の不調でキャンセルになったときは、「次はまた参加できるのだろうか」「もう機会がなかったらどうしよう」とついつい悪いほうへ考えてしまう。

がんになると、どれだけ「フラットな感情でいよう」と思っても、体調が崩れると、それに伴ってメンタルもどんどん不安定になっていく。これはもう止めようがない。

一度心のテンションが落ちると、いまだに2週間くらい鬱々《うつうつ》としてしまうこともある。せっかく生きているのだから、落ち込む時間は少なくしたい。けれども、落ち込んだ気持ちは、無理に戻そうとするのではなく、気持ちが戻ってくるのを待つしか術がない。不思議なことに10日から2週間ほどじっと心の中にもぐっていると、気持ちは自然と元に戻っていくのだ。

最初の頃は、自分が気落ちするたびに心配していた靖子と風花だが、幸いなことに、彼女たちもそんな自分の事情をわかってくれているため、「いま、この人は気持ちが落ちているんだろうな」と思ったときは、ある程度放置してくれる。

相手をかまいすぎたり、声をかけたりすることだけが優しさではないのだと、二人を通じて知ったような気がする。

これから先、どんどんやれることを失う機会が増えていくかもしれない。時には、元気ではいられない日も増えるかもしれない。でも、自分にできることは、元気じゃなくても不調ではない日を、できるだけ増やすようにすることだけだ。

仮に、身体が動かなくなって、意識もなくなったら。そして、万が一、家族のことがわからないほど意識が混濁した状態になってしまったら、病院に入れてほしいと伝えてある。自分のように身体の大きな人間が要介護状態になると、自宅にいたままでは介護する家族に迷惑をかけてしまうはずだから。

「いまの段階から病院にいたほうが不安はないじゃないか」「家族に負担がかかっているんじゃないか」と考えることもある。最初はホスピスという選択肢も考えたけれども、多少の家事ができ家族に迷惑をかけない範囲であるならば、できるだけ最後まで自宅にいて、靖子や風花と共に食事をして、寝て、時間を過ごしたい。これは、自分の最後のわがままだ。そして最高に贅沢《ぜいたく》なわがままだ。

風花ちゃん、こんにちは。

昨夜は1週間ぶりにキミとお母さんと食事ができて、幸せな時間が過ごせました。

入院中はしっかり頑張っていたと、お母さんから聞きました。何回も書きますが、3年前に初めて癌で入院した時はキミのことが気が気でなくて、早く退院することに思いを巡らせていましたが、今回はゆっくりと養生に専念できました。

成長しましたね。ありがとう。


今、住んでいる家は2年程しか住んでいませんが、それでも家に戻るとホッとするものです。介護施設で働いていた頃に、口癖のように「家に帰りたい」と言われる利用者さんがいましたが、今はその気持ちが少しわかります。馴染みのある環境で、落ち着いた生活、平穏な日常をおくれる限りは、住み慣れた家で過ごしたいものです。

入院中、時間があったので、これからすべきこと、しておきたいことを考えていました。ボチボチと自分のペースでやってみます。ご飯作りも頑張っていきますので、たくさん食べてくれると嬉しいです。あと10日で夏休み。楽しい思い出をつくりましょう。

ではでは、今回はこの辺で。バイバーイ。


（2022年7月10日　#43 余命宣告をうけた父が10歳の娘に遺したい入院中に考えていたこと）

病気になってから時間の密度が大きく変わった

がんになって大きく変わったのは、時間軸が変わったこと。

同じ１分１秒でも、以前とは比べ物にならないほど、尊くて密度が濃いものになったような気がする。

毎年４月、我が家ではお花見に行く。２０２２年４月に家族で花見に行ったとき、「あれ、桜ってこんなにきれいだったんだ」と、思わずはっと息をのんだ。

特別な場所に行ったわけではない。ただ、普段からよく通る近所の河原に桜を見に行っただけだ。それでも、その桜はいつもよりもずっと美しく見えた。

来年も家族３人で花見に来られるかはわからない。むしろ、来られない可能性のほうが高い。靖子と風花にとってはこれから何十年という人生のなかのうちの1回の花見かもしれないけれど、自分にとっては、これが最後の桜かもしれない。そう思うだけで、ただの花見がすごく名残惜しくて、儚《はかな》くて代えがたいものに感じられた。

もし、自分が病気でなければ、きっとこんな気持ちを抱かなかったと思う。

それからは、花見のような毎年の恒例行事だけではなく、些細な日常生活のワンシーンであっても、一瞬一瞬にいとおしさが生まれる。

家族そろっての近所での外食。風花の発表会。習慣となっている送り迎え。夕飯の片付け。特別なイベントに限らず、日常生活のちょっとした出来事も「これが最後かもしれない」と思いながら生きるようになったおかげで、いままでの人生よりもずっと密度が濃くなったようだ。

とはいえ、日々の些細な出来事に感動しているのは自分だけで、靖子と風花にはそこまでたぶん思い入れはないようだ。桜にしても「なんか、いつもよりきれいだね」と興奮した口調で伝えても、「そうだねぇ」とのんきな回答が返ってくる。

「もうちょっと盛り上がってくれよ～」と内心思わなくもないが、一緒に時間を過ごしてもらえるだけで、十分ありがたいのはしみじみよくわかっている。

風花ちゃん、こんにちは。

過ぎゆく夏を追いかけ、2日連続の海水浴。

疲れて爆睡しているキミの横で、この動画を作成しています。

春先から心待ちにしていた夏休みが、そろそろ終わってしまいますね。

お友達が泊まりに来てくれたり、打ち上げ花火を観たり、旅行へ行ったり、映画を観たり。海水浴は8回行きました。

コロナで潰れたイベントもあったけど、4年生の夏休みを精一杯満喫できたんじゃないでしょうか。

2022年の夏が少しでも長くキミの記憶に残ってくれたらなと、寝顔をみながら願っています。

お父さんとしても、恐らく今年が最後の夏であり、たくさん遊べたらいいなと考えていましたが、予想以上に想い出が増えて「生きれていてよかったなぁ」と身体に感謝しています。

2月の時点では「8月に逝く」と言う話でしたので、なかなか夏の予定をたてづらかったのですが、どうにか乗り切れてホッとしています。

この映像のように今年の夏は初めて2人での海水浴にも行きましたね。

キミと海で過ごす時間も最高でしたが、車内での時間も負けず劣らず、最高にいい時間でした。お父さんが子供の頃に連れて行ってもらった海水浴は、車で行く時は大渋滞。電車のときは大混雑。海は人が一杯でゴミだらけと、子供心にちっとも楽しくなくて、キミの歳の頃から行くのを拒否していたのですが、キミは一緒に付き合ってくれて感謝しています。

ありがとう。来年の夏も家族3人で皆生に泊まって牛骨ラーメンを食べながら「今年も来れたね」と話せたら最高なんだけど。

まぁでも本当に今年の夏も楽しかったよ。ありがとう。

ではでは、今回はこの辺で。バイバーイ。

（2022年8月20日　#52 余命宣告をうけた父が10歳の娘に遺したい2020年の夏の話）

第5章

がんになったからこそ、わかったこと、そして伝えたいこと

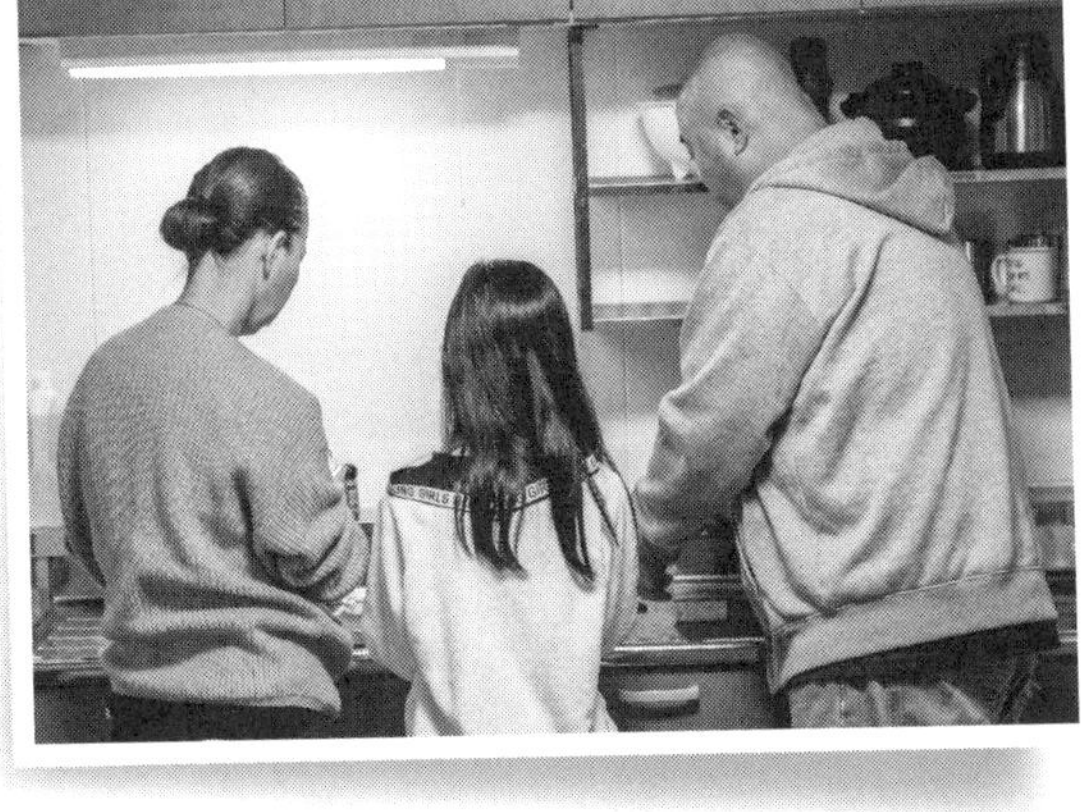

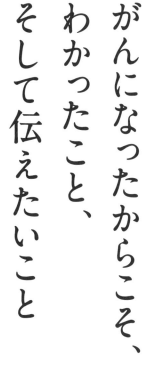

大切な人には、きちんと言葉で気持ちを伝えよう

自分が何かを語れるような立派な人間だとは、決して思わない。ただ、がんになってから、人一倍死期を意識して、毎日を生きてきた。そんな自分ががんになったからこそ気がついたことを、ここでは最後に記していきたい。

まず、がんになってから最も強く思ったこと。それは、「大切なことほど、伝えたいことは、言葉にして毎日のように伝えるべきだ」ということ。

言葉が足りなくて、人と離れる経験は、これまでにも何度かしたことがある。前までは、自分の気持ちを口にするのは野暮な気がして、うまく伝えられなかった。

でも、それではダメだと気がついた。

人生は短い。本当に大切な人には、きちんと言葉で伝えないと想いは伝わらない。気がついたら、突然病気や事故で死んでしまうこともあるのだから。

それは、家族であっても同じことだ。「家族だからわかってくれるだろう」なんて、甘えでしかない。

風花に対しても、がんになってから、いままで以上に言葉を伝えるようになった。

自分が、彼女に伝えたいことは主にふたつ。

ひとつ目は、「生まれてきてくれて、ありがとう」。ふたつ目は、「最後まで治療することを選ばずにごめんね」ということ。

だから、娘には折に触れて「君が生まれてきてくれて、本当にうれしい。親にしてくれて、ありがとう」「治療を続けず、病気を治せなくてごめんね」と伝えるようにしている。

そのたびに風花からは「あぁ、はいはい。わかってるよ～」と言われるので、もはやネタと化しているけれど。

もしも彼女が大人になったとき、自分の子どもや孫に感謝を伝えることは当たり前だと思ってくれて、次の世代にも同じようにしてくれたなら。それは祖父から孫たちへと受け継ぐことができた、唯一のプレゼントになるのかもしれない。

大切な人とは、できるだけ時間を一緒に過ごそう

大切な人がいる人は、とにかくその人とできるだけ長く時間を一緒に過ごしてほしい。

たぶん風花も大きくなるにつれて、自分の家族とほかの家族の違いについて、なんとなくわかっていくのだろう。

場合によっては、友達の家をうらやましく感じたり、兄弟姉妹がいる友達が楽しそうに見えたりすることがあるんだろうと思う。逆に「あの子よりうちのほうが楽しいな」なんて思うことも、ひょっとしたらあるのかもしれない。

「愛情」というものは比べるものではないし、自分たちが最高の両親だなんておこがましくて言うこともできない。我が家は決して豪華な暮らしではないし、夏休みのたびに海外

旅行に行けるような家でもない。

だけど、何より自分たち夫婦が自慢できるのは、風花の成長を少しでも見逃さないために、彼女とできるだけ一緒に時間を過ごすようにしてきたことと、彼女の言葉をなるべく聞くようにしてきたことだ。

世間にはいろんな親がいるだろうけど、「時間を一緒に過ごすこと」だけは、どんな家族にも負けていないと自信を持って言える。

世の中の平均的な女子小学生に比べて、風花が抵抗感なく父親と接してくれるのは、これまでにいっぱい話をして、一緒の時間を過ごしたからじゃないかと思う。小学生も高学年になったら「もうお父さんとは話したくない」と言われてしまうのではという気もしていたが、一緒に過ごした時間が長かったせいか、いまだに「お父さん、一緒にゲームをしよう」「アニメを観よう」と誘ってくれるのはうれしい。

「お父さんと一緒にいるのは嫌じゃないの？」と風花に聞いてみたことがある。

すると風花は「一緒にいるほうが、気が楽だから」と返してくれた。

今後彼女が「お父さん嫌い」と言うようになったとしても、それは風花の成長のひとつ。だから、気にせずに嫌ってほしい。それすらも、受け入れたいと思うから。

「いつかやろう」の「いつか」はほとんど実現しない

大半の人には人生の終わりは見えない。ゆえに、人生は長いものだと感じると思う。だからこそ、「また」とか「いつか」という言葉を口にする人は多い。

でも、この病気になってから「実は『いつか』と言っている以上は、『いつか』が来ないんじゃないか」と考えるようになった。

たとえば、自分には「いつかやってみたい」と思っていることがたくさんある。それらを総称して「いつかシリーズ」と呼んでいるのだけれど、恥ずかしい話だが、死を目前にした自分ですら全然実現できていない。

たとえば、キャンプなどをしていると「月の位置で方位がわかる」というテクニックを聞くことがある。月の位置を見るだけでザックリとした方位がわかるのは、万が一のときにも役立つし、何よりちょっとカッコいい。ずっと「いつか身体で覚えたいなぁ」と思っているのに、これはまったく実現できていない。

そのほかにも、やっておきたいのにできていないことはいくつもある。魚をきれいにさばきたい。ギターが弾けるようになりたい。谷崎潤一郎全集が読みたい。柿を素手で半分に割りたい。ＣｏＣｏ壱番屋のカレーで、１キロメニューにチャレンジしてみたい……。

どれも本腰を据えてやってみればできそうなものだけど、実現できていない。

余命宣告を受けたいま、考えてみると「いつか」なんてあやふやな日は来ないんだなぁと思う。「いつか」なんて言葉は、大抵の場合、単なるその場しのぎや、面倒くさいから先送りしているだけなんだろう。

「忙しいからいつかしよう」とか「まだ私には早いけどいつかしよう」の「いつか」は、来ないと想定したほうがいい。「これがしたい」と頭に浮かんだときは、ほかのことに割く時間を犠牲にしてでも取りかかったほうがいいのだ。

ただ、もちろん自分も「いつかシリーズ」のすべてを諦めたわけではなくて、すぐにでもやれそうなＣｏＣｏ壱番屋のカレーには挑戦しようかなと思っている。

今日のケンカは今日のうちに終わらせる

本書でも何度か言及しているけれど、病気になってから一番優先順位が高くなったのは、「時間」だ。

自分の納得できることに、いかに時間を費やして、いかに密度を濃くすることができるかが最も大事なことだと思うようになったのだ。

だから、後で思い出したときに「これをやらないと後悔しそうだな」「これをやらないと楽しい時間が過ごせなさそうだな」と思うことは、なるべく早くやるようにしている。

なかでも気をつけているのが、誰か大切な人とケンカをしたら、できるだけ早く仲直りすること。

ケンカすること自体は悪いことだと思わないが、もし、相手が大切な人ならば、変な意地を張らずに早めに仲直りするのが大事だと思っている。

たとえば、自分にとって一番大切にしている家族である風花とも、時には小さなケンカをすることがある。

風花が「ごちそうさま」を言わなかったり、約束通りにお皿を片付けてくれないことがあったり。すると、やっぱり親なので、叱ってしまう。

叱った後は、当然彼女も機嫌が悪くなるので、二人で険悪な雰囲気になる。

前だったらその雰囲気を引きずっていたのだが、いまは嫌な関係を１分１秒でも早く終わらせたくて、早く仲直りをしてしまう。

なぜなら、お互いに意地を張って、楽しくない時間が増えるのはもったいないから。

今日のケンカは今日のうちに終わらせたい。

明日には絶対に引きずらない。

風花とも靖子とも、今後も最後までケンカをするのだろうけど、それでもできるだけいがみ合う時間は少なくしたいし、そうなるように日々努力している。

生きることの大切さを無理に実感する必要はない

自分の時間が残り少ないとわかってから、一瞬一瞬をかみしめるようになった。ふとした瞬間に涙腺がゆるんだり、何気ないひと時がいとおしくなったり。でも、だからといって、ほかの人にまで「一瞬一瞬を大事に生きてほしい」なんて簡単には言えない。自分自身、病気になるまでは、そういうことを考えるような人間じゃなかった。50代になって、こんなに重たい病気になって、命が残り少ないことを知って、やっと気づけたことなのだから、ほかの人も同じように理解できるなどとは正直思わない。でも、それでいいんだと思う。

自分は大切な人たちと過ごす一瞬を大切にしているけれど、仮に周囲の人がそうじゃなかったとしても、それは全然かまわない。たとえば、風花や靖子と共に過ごす時間はいま自分にとってとても大事だが、彼女たちには別の大切な時間があるのは当然だし、心地よいペースがあるのは当たり前のことだ。

だから、彼女たちが自分に付き合って、その一瞬をかみしめるように生きてほしいなんて絶対に思わない。むしろ彼女たち自身の時間やペースを、大切にしてほしい。

時間の大切さを感じずに生きられる人生は、それだけいろんなことに余裕があるわけだし、つらい思いもしなくてすむ。そんな人生も、幸せだと思う。

ただ、たとえ大好きな家族でも、ずっと一緒にはいられないこと。

命にはいつか終わりが来ること。

もし、その意味合いに気づく瞬間があったなら、いま目の前にいる大事な人との時間を大切にしてほしい。

一緒にいながらも、その先の別れのことを考えるのは寂しいことではあるけれど、一緒の時間がより大切なものに変わるはずだから。

自分の選択は、自分で決めることの大切さ

病気になるずっと前から「楽しく生きること」が人生では最も大切なことなんじゃないかと思っていた。

でも、楽しく生きることは、実はそんなに簡単なことではない。

人生には楽しい瞬間はたくさんある一方で、楽しくない瞬間、いなくなりたいような瞬間だってやってくる。だけど、そこで諦めないで楽しい時間を作っていかないと、人生がもったいない。

人生を楽しく生きる上で大切なのが、「自分で選択すること」だと強く思う。

かく言う自分も、できるだけやりたいことを選択して、いまがある。だから、わりと楽しい人生を送れた気がする。後悔もやり残したこともそれほどない。

たとえば、３回目の抗がん剤治療にしても、医師からは治療を勧められたが、自分ではどうしても納得ができなかったから、「抗がん剤治療はもうしない」という選択をした。そのおかげとは言えないものの、２度目の余命宣告期限を半年以上過ぎても、まだ生きている。

よくわからないけれども、人の生命力は医師が持っている裏づけされたデータを、時に凌駕《りょうが》するものなのかもしれない。こうした誤算もあるわけだから、当たり前とされていることだったり、権威が言うようなことであったりしても、自分にとって納得できない部分があるならきちんと確認したほうがいいし、とことん追究したほうがいい。

結果、どうしても感覚的に「これは違うんじゃないか」と思うことだったら、自信を持って断ってもいいんじゃないかと思う。

その決断は、いわゆる世間の常識とは違うものになるかもしれない。世の中には自分と違う考えの人を攻撃したがる人がものすごく多い。でも、よく知らない人のことはあまり気にせず、自分で決断した自分の人生を生きたほうが、ずっと生産的なんじゃないだろうか。

世間の言う常識にはとらわれすぎなくていい

病気になってから、さまざまな出来事を通じて、「常識」というものがいかに当てにならないかを、つくづく痛感している。

他人が押し付ける常識にとらわれすぎないほうが、人生は楽しく生きていけるはずだ。

以前、ＹｏｕＴｕｂｅを見た人から、風花の箸《はし》の持ち方について「この持ち方は正しくないから、直したほうがいいんじゃないか」と指摘されたことが何回かあった。

たしかに、風花の箸の持ち方は完璧ではないかもしれない。だけど、本人が問題視していなくて、彼女と共に食卓を囲んでいる人が不快に思わないのであれば、それでいいんじゃないかと思っている（もちろん、指摘する人はいなくならないと思うけど）。

しつけを放棄しているわけではない。子どものしつけは、もちろん大事だ。

かつて自分が介護の仕事をしていたとき、身体的な理由から箸が使えない子どもをたくさん見てきた。また、なかには、なんとか自己流に工夫して、自分自身で箸を使って食事をとれるようにがんばる子もいた。もちろん、世間で言われる「正しい箸の持ち方」なんてしていない。

そんな子どもたちをたくさん見てきた身からすると、「お箸を使ってごはんを食べられるだけで十分」だと思ってしまう。

箸の持ち方を厳しく注意したせいで、子どもが食事を楽しめなかったり、家族の楽しい食事のひとときが台無しになったりするのはちょっともったいない。

だから、風花についても、お箸を使って楽しくごはんを食べられて、一緒に楽しくごはんを食べられる人と仲良くできれば、親としては十分ありがたいのだ。

育ってきた環境や過ごしてきた時間、信仰する宗教、生まれてきた国、誰一人として同じ人間なんていないのだから、常識やリアクションが違うのは当たり前。

大切なのは、その違いを理解しておくこと。誰もがそれぞれが確立された一人の人間なんだと心に刻んでおくことが大切なんだなと、改めて思っている。

日常のちょっとした幸せは、見知らぬ誰かのがんばりから生まれる

病気と向き合う日々を送るなか、何より心の助けになるのが日々の小さな楽しみだ。

たとえば、毎年秋頃に自分が楽しみにしているのは、千葉の友人から送ってもらう梨だ。この梨がとにかく甘くてみずみずしく、梨の既成概念がぶち壊されるほどにおいしい。「人生でこんな梨を食べたことがない！」と毎回感動してしまう。

送ってくれる友人の好意に感謝しながら、食べるときに想いを馳せるのが、この梨を作り、品種改良を行ってきた農家の人々だ。これだけおいしい梨を作るために、いかに彼らが情熱を注ぎ込み、長い年月をかけて試行錯誤してきたのだろうかと想像しては、その努力の結実を食べられることを本当にありがたく思う。人類がここまで発展できたのは、き

っとこうした知られざる人々の努力の積み重ねがあるからなのだろう。

世の中は華やかで目立つ人ばかりが取り上げられる風潮もあるが、実は人間のちょっとした幸せというのは、この梨を作った人のように、無名だがコツコツとがんばっている人々に支えられていることが多いんじゃないだろうか。

現に自分も毎年送られるこの梨を食べるたびに、「また来年もこの梨を食べられたらいいなぁ」と小さな生きる喜びをもらっている。

当たり前すぎてつい忘れがちだが、それは梨に限ったことではないはずだ。現代人である以上、自分が平穏で快適な生活が送れるのは、数えきれないほどの「誰か」がいるからだ。その「誰か」が、いまより少しでもより良いものを生み出そうとして、日々コツコツと努力して、サービスやモノを生み出し、供給し続けてくれるおかげだ。

一見、地味で日の当たらない人生を歩んでいる気がしたとしても、社会に関わっている以上は、その行為は必ず誰かを幸せにしているはずだ。それはすごいことだと、心底思う。

風花は将来、どんな人生を選択して、どう社会に関わっていくのだろうか。

どんな選択をしてもいいのだけれど、社会に参加する以上は「自分も誰かを幸せにしているのだ」という想いを忘れずに、ぜひ風花にも生きていってほしい。

我慢しすぎなくていい。楽しく生きることを考えよう

先日、テレビの取材を受けたとき、印象深い質問があった。

それは、「風花ちゃんが大人になったとき、どんな大人になってほしいですか?」という質問だった。放送ではカットされてしまったので、ぜひここで書き記しておきたい。

風花に望むことはふたつある。

ひとつは「生きていてほしい」。

生き続けることに希望を見いだせない人に、軽々しく「生きていればきっといいことがありますよ」なんて言うつもりはない。

それでも風花には、生き続けてほしいなぁと願ってしまう。親なんて、本当に勝手な生き物だなとも思う。

極端な話、仮に風花が犯罪者になったとしても、きちんとその罪を償って生きていってほしい。死んで罪を償ってほしいなんて、絶対に思わない。

続いてふたつ目の望みは、ひとつ目に似ているけれども「楽しく生きてほしい」ということ。

せっかく生きている以上は、楽しいことをたくさん探してほしい。

夜寝る前に布団の中で「今日はコレが楽しかったなぁ」と、振り返れる毎日を過ごしてほしいなぁと願っている。

「え、たったそれだけ？」と彼女は思うかもしれない。でも父親として、本当に娘にかける素直な望みは、そのふたつだけだ。

風花の潜在能力を過小評価しているわけではなくて、達成困難な望みを書いて重荷を背負わせたくないという想いでもない。

親が子どもに望むのは、案外こんなシンプルなことなんじゃないかと思う。今後の彼女の人生が笑顔と共にあることを、心から願っている。

病気になっても、生活は続いていく。生きる以上は機嫌よく！

病気になった後、たくさんの人に会ったけれども、よく言われるのが「切り替えがうまいですね」との言葉だ。

たしかに治療して延命することを放棄して、できるだけ心穏やかに暮らすことを選んだ姿は、はたから見ると「切り替えがうまく」見えるのかもしれない。

ただ、本書で何度か触れたが、がんになって強く思うのが、「自分ががんになっても、普通の生活はいつまでも続く」ということだ。

余命宣告が出たからといって、消費税がなくなるわけではないし、国から補助金が出るわけでもない。

自分にとって少しだけ「死ぬこと」が近くなったからといって、世界はなんにも変わらないし、社会も止まらず動いていく。家族だって、どんどん状況が変わっていく。だったら、何か特別なことをするのではなくて、普通に生きていくしかない。そして、普通に生きていく以上、なるべくなら楽しいことを見つけて生きていくしかない。

また、自分のようにいい年をしたおじさんがグダグダ落ち込んでいても、誰も同情なんかしてくれないのもわかっている。もちろん風花と靖子は心配してくれるはずだが、自分が落ち込んで手がつけられないとか、落ち込むあまりに八つ当たりをするとかだったら、きっといくら身内だって嫌がるようになるだろう。いつまでも泣き言を言っていて、大切に思っている家族にすら嫌われるようになったら、最悪だ。

だからこそ、なるべく「普通」のスタンスで、残りの人生を楽しく生きたい。

もちろん「普通」を続けることが、一番大変なことだ。

それがわかっているから、生きる以上は必要以上に悲しまず、愚痴も言いたくない。自分が楽しむため、そして大切な人を不安にさせないために、残りの人生をできるだけ機嫌よく生きていきたいと思う。

加治川健司（かじかわ・けんじ）

１９６９年、東京都生まれ。１９８７年に高校卒業後に自転車で日本一周を達成する。１９８８年には、カナダ・ユーコン川でカヌーツーリング、チリでパタゴニアトレッキングなどを行うなど、世界での生活を送る。帰国後の１９９０年に就職をするも、１９９８年に島根県に移住して林業家となる。２００１年に結婚、２０１２年5月に長女が生まれる。２０１９年6月、結節性リンパ球優位型ホジキンリンパ腫のステージ4であることが発覚。2回の抗がん剤治療を行うが、がんが再発。その後、悩みぬいた末に治療をしない決断をする。２０２２年2月、医師から「余命半年」の宣告を受ける。同月、娘に自分の想いを残すために、ＹｏｕＴｕｂｅ「ジャムミント」(https://www.youtube.com/@user-jam-mint）を始める。

STAFF

取材・構成　藤村はるな
構成　高松孟晋
撮影　山田耕司（扶桑社）
ブックデザイン　ヤマシタツトム
ＤＴＰ製作　生田 敦
校正・校閲　小出美由規
編集　樋口 淳（扶桑社）

お父さんは、君のことが好きだったよ。

「余命半年」の父が娘へ残すことば

発行日　二〇二三年一月三十一日　初版第1刷発行

著　者　加治川健司

発行者　小池英彦

発行所　株式会社 扶桑社
〒105-8070
東京都港区芝浦 1-1-1 浜松町ビルディング
電話　03-6368-8870（編　集）
　　　03-6368-8891（郵便室）
www.fusosha.co.jp

印刷・製本　中央精版印刷株式会社

Printed in Japan　ISBN978-4-594-09396-9